Günther Payer

786

Roman

EDITION TANDEM

_____ 25.03.2047

Dr. Peter Steger sitzt am Krankenbett der 62-jährigen Patientin und streichelt ihr mit der rechten Hand zärtlich den abgemagerten Arm, während er in der Linken seinen Glücksbringer fest hält. Ruth Schönleitner schläft tief und fest. Ihr Gesichtausdruck wirkt entspannt und gelöst. Beinahe ein Wunder, lag sie doch vor einem Monat aufgrund ihres fortgeschrittenen Brustkrebses noch im Sterben. Nun sind die Krebszellen vollständig verschwunden und die gesunden Zellen erneuern sich in einem ungeheuren Tempo.

Zu verdanken hat sie dies Dr. Steger, dessen Vater und ihrem gesamten Team. Sie haben es geschafft, intelligente Antikörper zu entwickeln, die sofort auf eine Veränderung der bösartigen Krebszellen reagieren und diese nicht nur stoppen, sondern durch gutartige Zellen ersetzen können. All dies geschieht durch die Injektion eines harmlos aussehenden Serums, dessen Entwicklung so gut wie abgeschlossen ist.

Ruth Schönleitner wurde als erste Patientin zugelassen, an der das Mittel ausgetestet werden konnte, nachdem der Erfolg bereits durch zahlreiche Zell- und Tierversuche untermauert worden war. Nun soll Frau Schönleitner die nächsten Monate noch beobachtet werden, bevor das Serum an weiteren Kleingruppen getestet wird. Bis zur endgültigen Freigabe durch die nationalen und internationalen Behörden werden sicher noch Jahre vergehen. Doch wenn die Ergebnisse weiterhin positiv bleiben, wäre eine medizinische Revolution über den Globus hinweg nicht aufzuhalten.

Diese Hoffnung hegt auch Dr. Peter Steger beim Anblick der Blutwerte seiner Patientin auf dem Bildschirm neben ihrem Bett. Aber auch Trauer legt sich auf sein Gemüt. Sein Vater kann diesen Moment leider nicht mehr miterleben. Vor zwei Jahren war Simon Eisl einem Herzinfarkt erlegen. Vielleicht die nächste Herausforderung, der sich Peter Steger widmen sollte.

Er öffnet seine linke Hand und blickt liebevoll auf den Glücksbringer, den ihm sein Vater und seine Mutter zum 18. Geburtstag geschenkt hatten. Ein kleines Armband mit der Nummer 786.

1.

16.04.2012

Simon Eisl rieb sich wieder einmal die Schläfen. Die Adern schienen regelrecht zu pulsieren und der stechende Kopfschmerz störte seine Konzentration beim Gespräch mit der Therapeutin.
Diese bot ihm ein Glas Wasser an, wollte dann aber doch mit ihrer Befragung beginnen. Immerhin war es heute ihr erster Kontakt. Dr. Clara Stegers Aufgabe sollte es sein, sich ein Bild von dem Patienten und dessen Problemen zu machen. Weiters wollte sie feststellen, ob sich ihr Behandlungskonzept auf die psychischen und auch physischen Konflikte und Störungen des Patienten übertragen lassen würde.
Dr. Stegers Reputation war gut, um nicht zu sagen ausgezeichnet. Sie nahm bei Gott nicht mehr alle Klienten. Diese Zeiten waren längst vorbei. Sie befand sich in der glücklichen Lage, wählen zu können. Nachdem sie aber den Anruf von Herrn Eisl vor ein paar Tagen erhalten hatte, horchte sie auf. Der Name kam ihr gleich bekannt vor. Das veranlasste sie, im Anschluss an das Telefongespräch eine kleine Recherche im Internet zu starten, bei der sie schnell fündig wurde. Eisl war der Neffe des berühmten Salzburger Arztes, der sich in der Krebsforschung weltweit einen Namen gemacht hatte und sich führend in der Forschung zur Heilung dieser Geißel der Menschheit betätigte. Simon Eisl selbst hatte gerade erst vor kurzer Zeit, im Alter von knapp über dreißig Jahren, seine

Habilitation abgeschlossen und bereits einige Artikel zum Thema Psychoonkologie, einer relativ neuen wissenschaftlichen Disziplin, veröffentlicht.
Eisl schien also ein hochintelligenter Mensch zu sein, eingebettet in einem interessanten familiären Umfeld. Und als studierter Mediziner mit Ambitionen auf psychologischem Gebiet war durchaus anzunehmen, dass er sich mit psychischen Erkrankungen auskannte. Was also führte ihn zu ihr? Der Fall erregte die Aufmerksamkeit Dr. Stegers. Sicherlich spielte es daher eine nicht unbedeutende Rolle, dass sie es als eine große Herausforderung sah, einen möglicherweise ebenbürtigen ′Kollegen′ behandeln zu können, bei dem es vielleicht galt, bis in seine tiefste Seele vorzustoßen. Und der in Steger den Wunsch zum Zustandekommen des Kontraktes zwischen ihr und Simon Eisl auslöste.

Auch Eisl war vor diesem ersten Treffen nicht untätig gewesen. Es war schon schwierig genug für ihn, mit seinem Wissen und seiner Ausbildung den Weg zu einer Therapeutin zu finden. Es kostete ihn viel Überwindung zu einer Quasikollegin zu gehen und persönliche Details aus seinem Leben preiszugeben. Ihm war aber bewusst, dass er selbst auf der Stelle trat und der Blickwinkel von Außen zumindest einen Versuch wert war. Für diesen Versuch wollte er jedoch die Beste haben. Und dies war in Salzburg ganz klar Dr. Steger, die sich in dem Meer von ansässigen Therapeuten einen herausragenden Ruf erarbeitet hatte.
Eisl stellte daher ebenfalls eine Recherche im Internet und in seinem persönlichen Umfeld an. Stegers guter Ruf wurde dabei immer wieder bestätigt. Es zeigte sich aber auch, dass Clara Steger sehr speziell in der Aus-

wahl ihrer Patienten war. Nicht das Geld schien für die Therapeutin das Reizvolle an ihrer Arbeit zu sein, sondern sie suchte das Besondere. Es war schon vorgekommen, dass sie Patienten für einen Pappenstiel behandelte, während sie andere weiterempfahl, die sich mit horrenden Summen bei ihr einzukaufen versuchten, um ihre Wohlstandskrankheiten zu kultivieren. Simon Eisl musste also die Neugierde der Therapeutin wecken. Und dies ging am Einfachsten, wenn er seinen eigenen Namen und den seines Onkels beim Telefonat in einem Nebensatz erwähnte. Er wusste, Steger würde nachforschen. Und vielleicht auch anbeißen.

So saßen sich die beiden nun gegenüber. Eisl angeschlagen, müde und doch sorgfältig sein Gegenüber beobachtend. Diese hellwach und konzentriert, richtete ebenso die Aufmerksamkeit auf den jungen Wissenschafter.
„Herr Eisl, uns bleibt nun noch eine knappe halbe Stunde für unser Erstgespräch. Nach diesem werden wir gemeinsam entscheiden, ob es zu einem Kontrakt zwischen uns beiden kommt. Da ich das Gefühl habe, einem Experten auf meinem Gebiet gegenüberzusitzen, würde ich gerne auf die üblichen Einführungssätze verzichten und gleich zur Sache kommen. Sind Sie damit einverstanden?"
Ein Nicken Simon Eisls forderte die Therapeutin zum Weiterreden auf.
„Weiters möchte ich mich mit Plänkeleien und therapeutischen Kennenlernkniffen zurückhalten. Kommt es zum Vertrag, werden wir die Zeit dazu haben. Wenn es in Ihrem Sinne ist, werde ich daher gleich offen mit Ihnen reden."
Ein weiteres Nicken Eisls, dem selbst bei dieser kleinen

Bewegung der Kopf schmerzte.
„Wenn Sie die Sitzung unterbrechen möchten, geben Sie mir bitte Bescheid. Ehrlich gesagt sehen Sie alles andere als gesund aus."
„Ich habe Kopfweh und mit der Konzentration ist es nicht weit her", bestätigte Eisl diesen ersten Eindruck der Therapeutin. „Da es mir aber seit Wochen so geht, sehe ich keinen Sinn in einem Abbruch des Gesprächs. Bitte fahren Sie fort und entschuldigen Sie, wenn ich etwas wortkarg bin. Ich werde Ihre Fragen so gut es geht beantworten und höre Ihnen zu."
„Also gut. Dann möchte ich auf unser Telefonat letzte Woche zurückkommen. Sie haben hierbei erwähnt, dass Sie die Kopfschmerzen seit einem Autounfall haben. Ich nehme an, dies haben Sie schon alles genauestens im Krankenhaus abklären lassen."
„Die Untersuchungen sind weiterhin am Laufen", antwortete Eisl. „Ich hatte Glück und bin ohne schwere Verletzungen davongekommen. Die Schmerzen im Kopf sind leider geblieben."
„Können Sie sich an den Unfall erinnern?"
„Weder an den Unfall noch an die Stunden danach. Was noch hinzukommt ist, dass ich mich an den gesamten Tag nicht erinnern kann."
„Also eine klassische Form der retrograden und anterograden Amnesie?"
„Könnte man so sagen."
„Nichts Außergewöhnliches nach einem schweren Verkehrsunfall. Ich darf also annehmen, dass Sie deshalb nicht zu mir gekommen sind?"
„Das dürfen Sie. Seit dem Unfall leide ich auch unter Schlaflosigkeit."
„Eine ebenso normale Reaktion. Ich gehe davon aus,

Sie träumen schlecht?"
Die Frage der Therapeutin traf genau den Punkt. Simon Eisl überlegte noch einmal kurz. Dann entschied er sich, Clara Steger die Wahrheit zu sagen.
„Ja, ich träume schlecht. Ich träume von Kindern." Der Arzt brauchte eine kurze Pause, bevor er fortfuhr. „Von schreienden Kindern. Und von misshandelten Kindern …"
Steger reagierte rasch. „Mit Ihrem Einverständnis sehen wir uns am Donnerstag um 10:00 Uhr. Dem sollten wir nachgehen."
Ein Nicken Eisls bestätigte den Therapievertrag noch vor Ablauf der vereinbarten halben Stunde.

2.

Es war kurz nach Mitternacht. Die Pflegeleiterin der Säuglingsstation des Krankenhauses von Salzburg saß im Schwesternzimmern, als der Alarm der Babyklappe ausgelöst wurde. Sofort schoss sie hoch und suchte nach ihrer Kollegin. Aus dem Ruheraum hörte sie sogleich deren Stimme: „Gudrun, was ist los? Hat gerade der Alarm geläutet?"
„Ja, hat er. Ich gehe gleich nachsehen. Bleib du ruhig hier. Es war doch ein anstrengender Dienst für dich."
Schwester Monika war froh, dass die Chefin ihr die Ruhe gönnte. Alleine heute hatte sie bei drei Geburten assistiert. Sie versuchte daher, ihre Augen wieder zu schließen und etwas oberflächlichen Schlaf zu finden. Währenddessen schlüpfte Schwester Gudrun in ihre

Sandalen und eilte nervös zur Babyklappe. Es kam äußerst selten vor, dass jemand tatsächlich diese Einrichtung nutzte und sein Baby anonym im Krankenhaus abgab. Schon von weitem sah sie diesmal aber die Bewegungen eines Kleinkindes im Sichtfenster der Box. Sie öffnete die Klappe und nahm das Baby vorsichtig heraus. Es war in ein Bettlaken eingewickelt, wirkte etwas winzig, aber gesund. Es strampelte, doch schrie es nicht. Schwester Gudrun schaukelte das Baby sanft hin und her, brachte es leise zur Abstellkammer am anderen Ende des Ganges und legte es dort hinein. Dann ging sie zurück ins Schwesternzimmer.
„Monika?", versicherte sich die Pflegeleiterin.
„Gudrun? War was?", kam die Antwort aus dem Bett des Schlafraumes.
„Fehlalarm bei der Babyklappe. Ein paar Jugendliche dürften sich einen Scherz erlaubt und ein paar leere Bierflaschen hineingeworfen haben. Ich hab sie entsorgt und die Klappe wieder aktiviert. Wenn ich schon auf bin, sehe ich gleich mal nach den anderen Kleinen. Bis gleich!"
„Soll ich dich begleiten?" klang es pflichtbewusst aus dem Dienstzimmer.
„Ich bin gleich wieder da, bleib du ruhig liegen", antwortete die Pflegeleiterin, froh darum, dass Monika so erschöpft war.
Oberschwester Gudrun ging in eines der Zimmer, in denen die Babys lagen und führte vor den Ohren, die hörten, aber dennoch nichts verstanden, einen Telefonanruf. Nur dreißig Minuten später hielt ein Auto vor der Station. Sie holte den Neuankömmling und trug ihn behutsam, aber schnell nach draußen. Die hintere Türe des Wagens öffnete sich und sie legte das Kind

vorsichtig in die Arme einer Frau, die sie nicht kannte. Beide Frauen lächelten sich gequält an, bis der Fahrer zur Eile mahnte und die Pflegeleiterin die Tür zuschlug. Leise glitt das Auto aus ihrem Sichtfeld. Schwester Gudrun zitterte nicht nur vor Kälte und stellte sich einmal mehr die Frage, ob das wirklich richtig war, was sie hier tat.

3.

Wolfgang Eisl sah seinen Sohn bereits von weitem mit dem SUV die Einfahrt heraufkommen. Trotz seines schweren Verkehrsunfalls ließ sich Simon nicht davon abhalten, weiterhin mit dem Auto zu fahren. Ab und zu lieh er sich den Wagen seines Vaters, bis er sich selbst einen neuen kaufen würde.
Eisl senior wusste von den Kopfschmerzen und der Schlaflosigkeit seines Sohnes. Dennoch erschrak ihn dessen Anblick, als Simon die Treppen heraufkam. Er wirkte müde und das fahle Gesicht spiegelte seinen schlechten Gesundheitszustand wider.
„Hallo Simon, komm rein."
„Danke, Paps!" Paps, ein Ausdruck, den sich die beiden seit Simons Kindheit beibehalten hatten. „Ich will dich nicht länger stören, aber vielleicht hast du kurz Zeit auf ein schnelles Achterl Wein".
„Gerne, Simon", antwortete der Vater, der einem Gläschen nicht abgeneigt war und sich über die Gelegenheit freute. „Setz dich hin. Ich hole uns einen guten Tropfen aus dem Keller."

Simon Eisl setzte sich an den Tisch in der Mitte des Raumes. In den letzten Jahren hatte sich an der Einrichtung im Haus seines Vaters wenig geändert. Sie trug noch deutlich die Handschrift seiner Mutter. Viel Holz, etwas verspielt und recht rustikal anmutend. Selbst die Bilder an den Wänden erinnerten an frühere Zeiten, als Frau Eisl noch lebte und das Haus eine gewisse Lebendigkeit ausstrahlte. Nach ihrem Krebstod vor zwölf Jahren schien auch die Gemütlichkeit und Heiterkeit gestorben zu sein. Simons Vater redete nicht gerne darüber. Er hatte den Tod seiner geliebten Frau nie wirklich überwunden. Zwar trat er jeden Tag pflichtbewusst seinen Dienst als Personalleiter im Salzburger Krankenhaus an und wurde dort als loyaler, freundlicher Mitarbeiter und Vorgesetzter erlebt, der stets ein Ohr für die Probleme und Wünsche anderer hatte. Aber niemand wäre auf die Idee gekommen, ihn als lustigen oder lebensfrohen Menschen zu bezeichnen.

Zu schwer wogen bis heute der Verlust und die Ohnmacht von damals, dem Tod etwas entgegensetzen zu können. Zu deutlich zeigte das Schicksal die Grenzen auf. Denn obwohl Wolfgang Eisls Bruder Georg, der leitende Wissenschafter und führende Arzt in der Krebsforschung, alles Mögliche in die Wege geleitet hatte, um den Verlauf zu stoppen und die Frau seines Bruders zu retten, verstarb sie nach nur kurzem Leiden an ihrem Gebärmutterkrebs. Umso schlimmer war es, weil Frau Eisl bewusst gelebt hatte, weder rauchte, noch übermäßig trank und alle zwei Jahre zur Routineuntersuchung ging. Niemand konnte erklären, wie sich der Krebs so schnell und hartnäckig in ihr hatte einnisten können.

Simon war damals gerade achtzehn und kurz vor der Matura, die er mit enormem Willen und starker Verdrängung des Todes seiner Mutter dennoch mit Auszeichnung abschloss. Ein Umstand, den manche damals fälschlicherweise als Herzlosigkeit auslegten. Im anschließenden Medizinstudium, das er nach einer langen Unterredung mit seinem Onkel und auf dessen Rat hin antrat, holte ihn die Geschichte aber wieder ein. Sein Interesse verlagerte sich immer mehr auf das Thema Krebs. Im Gegensatz zu seinem Onkel ging es Simon dabei aber nicht um die rein ärztliche Behandlung. Vielmehr interessierten ihn die Folgen und Begleiterscheinungen der Krankheit. Auch die Frage, wie man das persönliche Umfeld der Patienten integrieren und verbessern könnte. Dies sollte die Heilungschancen erhöhen, oder zumindest einen lebenswerteren Verlauf bis hin zum Tod des Patienten schaffen.

Während Simon Eisl nachdenklich die Familienfotos an den Wänden betrachtete, kam sein Vater mit zwei Gläsern und einer Flasche Rotwein in der Hand aus dem Keller. Er folgte den Blicken seines Sohnes, unterließ es aber, einen Kommentar dazu abzugeben. Stattdessen lenkte er das Gespräch auf die Therapie.
„Wie war es bei Frau Dr. Steger? Man sagt, sie sei eine kompetente Frau?"
Simons Augen lösten sich von den Fotos.
„Ihre Kompetenz kann ich nicht beurteilen. Aber sie strahlt eine gewisse Sympathie und Ehrlichkeit aus. Außerdem scheint sie mir nicht in das klassische Bild des Therapeuten zu passen. Ich denke, sie arbeitet eher unkonventionell."
„Und kann sie dir helfen?"

Die Frage des Vaters hatte sich Simon ebenso gestellt. „Ich weiß es nicht. Und leider bin ich von Natur aus eher skeptisch. Aber ich möchte es mit ihr probieren." Eisl Senior lächelte.
„Manchmal ähnelst du sehr meinem Bruder. Du kennst ja seine Einstellung zu Psychologen und Psychotherapeuten!"
Auch Simon musste schmunzeln. Georg Eisl war der klassische Arzt. Eine Koryphäe auf seinem Gebiet, ein beinharter Analytiker und Denker und ein ebenso präziser Chirurg. Was ihm auf der einen Seite von Gott gegeben wurde, schien ihm auf der anderen zum Teil genommen worden zu sein. Für ihn war Menschlichkeit im Krankenhaus etwas durchaus Erstrebenswertes, aber nichts Notwendiges. Krankenschwestern und Pfleger reichten zu diesem Zweck vollkommen aus. Von Psychologen und Psychotherapeuten hielt er hingegen nichts. Sie waren für ihn Quacksalber und Scharlatane, die sich mit Herumgerede ihr Geld erschlichen. Auch Simons Interessensgebiet weckte eine gewisse Ablehnung bei seinem Onkel und führte zu langen Diskussionen. Lieber hätte er seinen Neffen häufiger am OP-Tisch oder an der Erforschung neuer Medikamente gesehen als an wissenschaftlichen Abhandlungen über ein für ihn schwammiges Thema wie die Psychoonkologie. Da der Erfolg seinem Neffen jedoch Recht gab und er selbst, kinderlos, in Simon so etwas wie einen eigenen Sohn sah, endeten diese Streitereien meist friedlich bei einem Glas Wein.
Simon musste also relativieren. „Na, so schlimm ist es bei mir auch wieder nicht. Aber gut, dass du ihn erwähnst. Er hat mich angerufen, weil er uns am Samstag zum Essen einladen will."

„Sagt mir einfach Bescheid. Ich komme vorbei. Ihr könnt ja dann über eure Arbeit fachsimpeln, während ich mich aufs Essen konzentriere. Erzählst du ihm, dass du bei einer Therapeutin bist?"
Simon grinste. „Eher nicht, sonst kann ich das Essen noch bezahlen. Was gibt es bei dir Neues?"
Wolfgang Eisls Lächeln verschwand. „Schwester Gudrun hat mich angerufen. Die Babyklappe wurde wieder einmal missbräuchlich verwendet. Jugendliche haben anscheinend Bierflaschen hineingeworfen. Ich kann nicht verstehen, warum man so etwas tut." Er hielt kurz inne, bevor er weiter sprach. „Und noch etwas verstehe ich nicht."
Eisl Senior schenkte den beiden noch ein Glas ein und schwenkte den schweren Roten in seinem Glas, ehe er fortfuhr.
„Wir haben nun seit Jahren eine Babyklappe installiert. Wie andere Krankenhäuser in Österreich, Deutschland und der Schweiz auch. Und ich habe mir aus Interesse alle internen Statistiken der Spitäler der letzten fünf Jahre zukommen lassen."

Da sein Vater nicht weiter redete und gedankenverloren die Schlieren betrachtete, die an der Innenseite seines Glases herunter liefen, half Simon etwas nach.
„Und? Was sagen die Statistiken?"
„Salzburg ist das Krankenhaus mit der signifikant niedrigsten anonymen Abgabe von Babys im gesamten deutschsprachigen Raum!"
„Vielleicht ist hier die Welt einfach noch zu heil?", versuchte Simon Eisl zu scherzen.
„So heil, dass in Salzburg ein einziges Baby in fünf Jahren abgegeben wurde?"

4.

Halime Kaymaz' Wehen hatten bereits eingesetzt. Der abgeschnittene Keller in der Siedlung am Rande der Stadt war zuvor von ihrer Tante Rana und deren Mann Korkut sorgfältig für die Geburt vorbereitet worden.
Der 16-jährigen Halime, die in ihrer türkischen Heimatstadt Siirt nach einer Zwangsheirat vom eigenen Mann immer wieder brutal vergewaltigt worden war und dessen Kind sie jetzt austrug, gelang dank ihrer Tante und mit Hilfe einer Schlepperbande vor acht Wochen die Flucht nach Österreich. Seitdem hielt sie sich im Hause der Familie Özer versteckt, abgeschirmt von der Außenwelt.
Rana hatte sich sofort nach der gelungenen Flucht an ihren Vertrauensmann Mahsun Gökdal gewandt. Nach einigen Telefonaten hatte ihr dieser eine Nummer gegeben, streng vertraulich, wie er sagte. Und sie könne diese Nummer nur einmal anrufen, dann würde sie gelöscht. Ein Anruf hatte dann tatsächlich genügt und der mysteriöse Mann am Apparat hatte die Hebamme geschickt, die noch dazu ein Briefkuvert bei sich trug. Ohne Worte und mit geschickten Handgriffen holte die Hebamme nun das Baby in den nächsten fünf Stunden aus dem Bauch der jungen Mutter, trennte die Nabelschnur, trocknete es ab und legte es in eine Babytragetasche.
Halime wollte ihr Neugeborenes zumindest einmal an ihre Brust nehmen, was ihr aber von der Geburtshelferin mit einem Fingerzeig verwehrt wurde. Die Hebamme tippte etwas in ihr Handy, deckte die Tasche zu, warf sich einen Kaftan über die Schultern und verließ den Keller.

Die junge Halime weinte, obwohl sie das Baby nie haben wollte. Korkut sah das Kuvert auf einem kleinen Tischchen liegen und öffnete es. Wie versprochen lagen 10.000 Euro darin. Er dankte mit leisen Gebeten Allah, da sie Ranas Nichte, die ihm so ans Herz gewachsen war, nun vielleicht doch auf illegalem Wege zu einer österreichischen Aufenthaltsgenehmigung bringen könnten. Wenn Korkut etwas gelernt hatte, dann, dass man sich in jedem Land mit Geld alles kaufen kann. So auch in Österreich.
Rana nahm Halime in den Arm, nicht wissend, ob sie lachen oder weinen sollte, als sie das Bündel Geldscheine in Korkuts Händen sah.

5.

Als Simon Eisls Handy läutete, war es kurz nach 22:00 Uhr. Die Nummer war ihm nicht bekannt und er überlegte kurz, ob er den Anruf annehmen sollte. Dann drückte er auf den grünen Knopf und meldete sich mit seinem Namen.
„Grüß Gott, Herr Eisl, Steger am Apparat. Störe ich zu so später Stunde?" Die Stimme der Therapeutin klang frisch und gut gelaunt.
„Sie stören nicht. Ich finde sowieso keinen Schlaf. Aber ich bin überrascht, Sie heute noch zu hören. Und noch dazu so spät. Wollen Sie mir nun doch noch eine Absage erteilen?"
Die Therapeutin am anderen Ende der Leitung ließ ein kurzes Lachen verlauten.

„Im Gegenteil, Herr Doktor. Sie können nicht schlafen, ich schlafe um diese Zeit ohnedies nie. Also habe ich mir gedacht, ob wir nicht einen kleinen Ausflug unternehmen?"
„Und wohin soll es gehen?"
„Zum Unfallort. Ich habe die Zeitungen der letzten Tage gelesen und den Nachrichten entnommen, dass Ihr Unfall nun genau vor drei Wochen gegen 23:00 Uhr passiert sein soll."
„Die Zeitungen nehmen es nicht immer genau mit der Wahrheit. Aber in diesem Fall dürften sie wohl richtig liegen. Und jetzt sollen wir den Ort des Geschehens nochmals aufsuchen?"
„Genau, Herr Eisl. Ich möchte mir einerseits ein Bild von der Situation machen. Und vielleicht gelingt es uns ja, ein Stück Ihrer Erinnerung hervorzuholen."
Der junge Arzt wunderte sich nun doch ein wenig. Das Wort ´unkonventionell´ war bei dieser Therapeutin beinahe untertrieben. Aber Clara Steger hatte auch recht. Warum die Zeit zu Hause versitzen, wenn man dem Ursprung seiner Kopfschmerzen und der Schlaflosigkeit etwas auf den Leib rücken konnte. Eisl hatte nur ein kleines Problem.
„Wie Sie vielleicht vermuten können, habe ich derzeit keinen fahrbaren Untersatz. Mein Auto steht in der Werkstatt und wird diese vermutlich auch nicht mehr heil verlassen."
„Kein Problem Herr Doktor! Steigen Sie einfach ein. Ich stehe vor Ihrer Türe."
Verblüfft starrte Eisl aus dem Fenster im ersten Stock seines Hauses und erblickte die Therapeutin lässig an ihrem Auto gelehnt und ihm freundlich zuwinkend.

Nachdem der junge Arzt sich noch schnell ein Aspirin in ein Glas Wasser geworfen und während des Auflösungsprozesses angezogen hatte, verschloss er nun seine Haustüre und stieg in das Auto Stegers. Gerade wollte er zu einer Wegbeschreibung ansetzen, als diese ihm zuvor kam.

„Ziel: Mattseer Landesstraße, kurz hinter Ursprung. Ich habe es schon ins Navigationssystem eingegeben." Die Therapeutin, die den fragenden Blick Eisls auffing, fuhr amüsiert fort:

„Ich hatte am Abend etwas Zeit, um mir die Zeitungsartikel anzusehen. Darauf war der Unfallort ganz gut zu erkennen. 'Google Earth' hat dann den Rest für mich erledigt."

„Aber wie haben Sie mich gefunden? Ich stehe nicht im Telefonbuch."

Steger konnte sich ein Lächeln nicht verkneifen. „Verzeihen Sie, Herr Eisl. Ich habe einen gewissen Hang zur Neugierde. Ein befreundeter Notar, dessen Namen ich natürlich nicht nennen darf, hat für mich Ihre Adresse herausgefunden. Ich wollte einfach wissen, wo Sie wohnen, um mir ein Bild von Ihnen machen zu können. Ich hätte Sie natürlich auch fragen können, aber ich wollte nicht mit der Tür ins Haus fallen."

„Was Sie in diesem Fall aber nun im wahrsten Sinne des Wortes gemacht haben", entgegnete Eisl mehr erstaunt als empört.

„Ich hoffe, Sie nehmen dieses Vorgehen nicht persönlich", entschuldigte sich Steger mit einem gewinnenden Lächeln. Eisl, der sich zunehmend durch die gute Laune der Therapeutin anstecken ließ, schüttelte den Kopf. „Und wie konnten Sie wissen, dass ich mitfahren würde?"

21

„Wissen konnte ich es natürlich nicht", antwortete Clara Steger. „Aber der Unfall geschah gerade mal vor drei Wochen. Und schon kommen Sie zu mir in die Therapie. Wenn ich mich nicht irre, sind Sie keiner, der etwas lange auf die Bank schiebt, sondern gleich anpacken will ...?"
Ein Nicken Eisls bestätigte die Vermutung Stegers.
„Dass Ihr Auto nach so einem Unfall in der Werkstatt steht, ist klar. Als Sie letztens bei mir waren, fuhren Sie zwar mit einem SUV vor. Ich gehe aber nicht von einem Leihwagen oder einem Zweitauto aus. Einerseits glaube ich nicht, dass dies Ihr Stil ist, andererseits sprach der Hut auf der Rückablage wohl eher für einen älteren Herrn. Ich nehme an, das Auto gehört Ihrem Vater?"
Eisl, der mittlerweile Spaß an diesem Spiel fand, nickte erneut.
„Fahren Sie nur fort!"
„Da Sie unter Schlaflosigkeit leiden, konnte ich davon ausgehen, dass Sie um diese Zeit noch nicht im Bett liegen würden."
„Vielleicht wäre ich aber gar nicht da gewesen?"
„Vielleicht. Die Chancen standen aber gut. Immerhin haben Sie furchtbare Kopfschmerzen. Da bleibt man normalerweise lieber doch zu Hause und genießt die Ruhe, bevor man sich mit Leuten trifft."
„Sie hätten Privatdetektivin werden sollen!", schloss Eisl ironisch.
„Viel privater als ein Therapeutin kann eine Detektivin nicht sein", entgegnete Steger lächelnd. Kurz darauf parkte sie ihren schwarzen Golf nahe der Unfallstelle.

Clara Steger öffnete den Kofferraum und warf Eisl eine Warnweste zu. Danach kramte sie noch in einem

Rucksack, aus dem sie zwei Taschenlampen hervorzog. So ausgerüstet gingen sie am Straßenrand in Richtung Unfallort. Die Therapeutin zog einen Zeitungsartikel hervor und faltete ihn auseinander.
„Hier müsste es sein."
Simon Eisl wies mit dem Finger auf die Unfallstelle und versuchte den Unfall zu rekonstruieren.
„Ich bin laut meinem Onkel, Georg Eisl, kurz vor 23:00 Uhr von seinem Haus in Obertrum aufgebrochen und stadteinwärts gefahren. Von dort bis zum Unfallort sind es etwa 8 Minuten. Um 23:10 Uhr informierte ein vorbeifahrender Lenker telefonisch die Rettung. Zwölf Minuten später war der Notarzt zur Stelle. Im Arztbericht stand, dass ich unter Schock stand, aber ansprechbar war. Mit der kurze Zeit später eintreffenden Rettung wurde ich schließlich ins Unfallkrankenhaus gebracht, wo ich laut Protokoll kurz nach Mitternacht eingeliefert wurde."
Die Therapeutin beleuchtete mit dem Strahl der Taschenlampe die Straße.
„Hier sind noch Spuren zu sehen."
Am Asphalt zeigte sich der bananenförmige, schwarze Gummiabrieb der Reifen zur rechten Seite hin bis zum abfallenden Gelände.
„Nach dem Bericht der Polizei dürfte ich noch kurz gebremst haben, bevor der Wagen nach rechts ausgeschert ist", erklärte Eisl. „Laut den Beamten hat mich entweder der Gegenverkehr überrascht oder ich bin am Steuer eingeschlafen."
Die Therapeutin zückte ihre Kamera und fotografierte mehrmals den Straßenabschnitt. „Halten Sie es für wahrscheinlich, dass Sie eingeschlafen sind?"
„Das wäre das erste Mal, dass mir so etwas passiert.

Ich bin es gewohnt, lange zu arbeiten und 23:00 Uhr ist nicht die Zeit, zu der ich normalerweise müde bin. Es ist dies auch mein erster Verkehrsunfall überhaupt. Für die Versicherung hatte ich bis jetzt eine reine Weste. Das einzige, was ich mir vorstellen kann, ist, dass der Fahrer des Gegenverkehrs kein Licht eingeschaltet hatte."

„Das klingt nachvollziehbar", bestätigte ihm Steger. „Ich nehme aber an, dass von diesem 'Geisterfahrer' jede Spur fehlt?"

„Es konnte weder jemand ausgeforscht werden, noch sind auf der Gegenspur Reifenabdrücke zu sehen gewesen. Die Polizei tappt im wahrsten Sinne des Wortes im Dunkeln."

Die Therapeutin ließ es vorerst damit bewenden und schwenkte den Strahl der Lampe auf ein Foto des Zeitungsausschnitts.

„Nachdem Sie von der Straße abgekommen sind, haben Sie sich laut Zeitung mehrmals überschlagen, bevor Sie mit dem Wagen auf der Seite gelandet sind."

Simon Eisl lächelte.

„Meine Freunde haben mich für spießig gehalten, als ich mir den Mercedes gekauft habe. Aber die gute alte deutsche Wertarbeit hat mich wohl vor Schlimmerem bewahrt. Airbag, Gurte und Seitenaufprallschutz haben einwandfrei funktioniert. Es bedurfte nicht einmal der Feuerwehr, um mich aus dem Auto zu schneiden. Es ist unglaublich, aber die Einsatzkräfte konnten die Fahrertüre problemlos öffnen und mich aus dem Wagen bergen."

Clara Steger blickte nochmals auf das Foto und versuchte, sich die Szenerie bildlich vorzustellen. Tatsächlich sah das Auto nach einem Totalschaden aus. Aber von den Blechschäden abgesehen war erkennbar, dass die Karosserie noch intakt war.

„Und nach ihrer Bergung sind Sie ins Unfallkrankenhaus gebracht worden. Was haben die Ärzte gesagt?"

„Wie Sie wissen, kann ich mich an die Zeit nach dem Unfall nicht erinnern. Erst am nächsten Tag konnte ich ein Gespräch mit dem behandelnden Arzt führen. Übrigens ein Freund von mir. Dieser teilte mir mit, dass ich mehrere Schutzengel gehabt hatte. Bis auf Prellungen und Schürfwunden, sowie einer Gehirnerschütterung ist mir nicht viel passiert. Ich verbrachte routinemäßig noch zwei Tage zur Beobachtung im Krankenhaus, bevor ich entlassen wurde."

Die Therapeutin kritzelte ein paar Notizen auf das Zeitungspapier, bevor sie nachdenklich antwortete.

„Und das finden Sie nicht alles höchst merkwürdig? Ein Unfall aus dem Nichts. Keine gröberen körperlichen Beschwerden. Entlassung aus dem Krankenhaus nach nur zwei Tagen? Unter schwerem Verkehrsunfall stelle ich mir normalerweise etwas anderes vor. Und was ich in diesem Zusammenhang gar nicht verstehe ist, wie es hierbei zu einer schwerwiegenden Amnesie kommen konnte. Was sollte ihr Unterbewusstsein verdrängen?"

Simon Eisl blickte der Therapeutin in die Augen.

„Genau darum brauche ich Sie. Ich kann es auch nicht glauben. Sie müssen mir helfen, mein Gedächtnis wieder zu finden!"

6.

Der Zeitungsreporter Joachim Kroll recherchierte gerade vor Ort den Fall eines ausgebrochenen Luchses des Salzburger Zoos, als ihn eine unterdrückte Nummer anläutete. Wie erwartet hörte er die sonore Stimme seines unbekannten Auftraggebers. Für diesen hatte er bereits mehrmals unauffällig Nachforschungen angestellt und dadurch sein mageres Journalistengehalt etwas aufbessern können.
Im aktuellen Fall ging es um den Verkehrsunfall eines Salzburger Mediziners vor zwei Wochen. Eigentlich nichts Spektakuläres. Dem jungen Arzt war nicht viel passiert. Als prominent war er auch nicht einzustufen. Dennoch hatte die mysteriöse Stimme am Telefon irgendein Interesse an diesem Kerl. Aber das konnte Kroll egal sein. Sein Job war es nur, im Krankenhaus und bei der Polizei nachzuhaken, ob weitere Nachforschungen über den Unfall angestellt worden sind. Die Nachricht, dass sowohl das Spital den Patienten als entlassen zu den Akten abgelegt hatte, als auch die Polizei den Vorfall unter einem gewöhnlichen Verkehrsunfall einstufte und der Sache nicht weiter nachzugehen gedachte, schienen dem Anrufer vorerst zu genügen. Kroll würde in ein paar Tagen nochmals nachfragen und dann die Aufgabe als erledigt betrachten. Für diese Anrufe würde er wieder ein Kuvert mit Geldscheinen in seinem Postkasten finden. Recherchearbeit könnte so schön sein, wenn immer alles so einfach ginge. Kroll legte das Handy beiseite und widmete sich wieder dem ebenso wenig aufregenden Fall des entlaufenen Luchses.

7.

Simon und seinem Vater wehte bereits beim Eintreten des Hauses seines Onkels der Duft nach frisch gekochtem Essen entgegen. Georg Eisl war leidenschaftlicher Hobbykoch und wusste bei der Zubereitung der Lebensmittel ähnlich geschickt umzugehen wie mit dem Skalpell. Gerade noch vor zwei Tagen auf einer Fachtagung in Bologna hatte er beschlossen, seinem Bruder und seinem Neffen die italienische Küche näherzubringen. So ließ er sich durch deren Ankunft nicht aus der Ruhe bringen und deutete den Gästen mit einem Nicken an, Platz zu nehmen, während er den vorbereiteten Venusmuscheln den letzen Schliff verpasste. Ein Fruchtsaftcocktail am elegant gedeckten Tisch stand schon bereit und ließ die beiden Familienmitglieder auf einen kulinarischen Abend hoffen.

„Wusstet ihr, dass die leicht eingerollte Form dieser Muscheln dem Bauchnabel der Schönheitsgöttin Venus ähnlich sein soll?", eröffnete der Onkel das Gespräch, indem er die Teller servierte.

„Und wenn man die Bänder und Wirbel dorsal, also rückenseitig betrachtet, soll diese Ansicht der Vulva einer Frau ähneln."

„Das kann ja nur schmecken", grinste Wolfgang Eisl, der die Ausschweifungen seines Bruders beim Thema Essen kannte.

Auch Simon blinzelte seinem Vater verschwörerisch zu, bevor er mit einer einzelnen Schale das Muskelfleisch aus den marinierten Meeresbewohnern pulte.

„Wie geht es dir nach deinem Unfall, Simon? Sind die Kopfschmerzen schon etwas besser geworden?"

Dem jungen Arzt wurde durch die Frage des Onkels sein Zustand wieder schmerzhaft bewusst.

„Leider nein. Und auch die Kollegen, die ich konsultiert habe, sind weiterhin ratlos."

Georg Eisl bedachte seinen Neffen mit einem bedauernden Blick.

„Das werden wir auch noch in den Griff bekommen. Aber jetzt serviere ich euch erst einmal einen echten Leckerbissen."

Während Simon sich den zart gekochten Tintenfisch auf Kartoffelsalat schmecken ließ, wollte er das Thema in Richtung des Abends vor dem Unfall lenken, aber sein Onkel blockte ab.

„Das, was ich dir an diesem Abend gezeigt habe, ist eine riesige Sache. Die möchte ich nicht zwischen zwei Gängen diskutieren."

„Ich hätte gehofft, dass mir ein Gespräch heute mit dir etwas weiterhilft", zeigte sich Simon Eisl enttäuscht.

„Ich mache dir einen Vorschlag", entgegnete sein Onkel. „Wir setzen uns morgen zusammen und führen das Gespräch einfach noch einmal. Vielleicht bringt dich das ein wenig voran! Und ich bin gespannt, ob du die gleichen Ideen wieder einbringst, oder ganz neue Gedankengänge hast. Das könnte eine spannende Sache werden."

Simon Eisl versprach, am nächsten Tag zu kommen und half seinem Onkel beim Anrichten des Hauptganges. Vorsichtig lösten die beiden den Salzteig von den Doraden und richteten den Fisch mit fein geschnittenem Gemüse an.

Wieder am Tisch eröffnete Georg Eisl das Gespräch in Richtung seines Bruders. „Und was gibt es bei dir Neues?"

„Soweit ist alles in Ordnung", erwiderte dieser. „Allerdings lässt mir die Geschichte mit der Babyklappe keine Ruhe."
Georg Eisl sah seinen Bruder verwundert an.
„Welche Geschichte mit der Babyklappe?"
Wolfgang Eisl berichtete über seine Entdeckung der unglaublich niedrigen Statistik, die sein Krankhaus in Bezug auf die Abgabe von Babys aufzuweisen hatte. Georg Eisl hörte gespannt zu und versuchte die Tatsache mit der guten Grundversorgung für junge Mütter und den Möglichkeiten von Jugendamt und Pflegefamilien zu argumentieren. Wolfgang Eisl hatte sich aber schon alles durch den Kopf gehen lassen und konnte dies als Erklärung nicht akzeptieren. Gemeinsam diskutierten sie zum Nachtisch das Thema weiter. Simon Eisl hörte zu und war froh, dass er nicht zu viel sprechen musste. Mit vollen Bäuchen und Köpfen verabschiedeten sich die beiden schließlich und stiegen ins Auto, um nach Hause zu fahren. Während der nüchternere Sohn das Auto lenkte, hing Wolfgang Eisl weiterhin seinen Gedanken nach. Was er heute Abend nicht erzählt hatte, beschäftigte ihn am meisten: Zwei Tage, nachdem die Babyklappe anscheinend Fehlalarm geschlagen hatte, reichte Oberschwester Gudrun Ranke ihre Kündigung ein. Seither war sie für ihn nicht mehr zu erreichen.

8.

Nur wenige Stunden zuvor hielten zwei Umzugswägen in der Talgasse im 15. Wiener Gemeindebezirk. Sie ver-

luden den Haushalt von Gudrun Ranke in die neue, ihr zugeteilte 3-Zimmerwohnung. Einen Tag, nachdem sie das Baby weitergeben hatte, meldete sich ein Mann am Telefon und teilte ihr unmissverständlich mit, dass die Lage dies erfordern würde. Sie hatte von vornherein gewusst, dass der Fall eintreten könnte. Jetzt ging es ihr aber viel zu schnell, hatte sie sich doch in den letzten Jahren in Salzburg ein stabiles Leben aufgebaut. Es würde ihr zwar hier an nichts fehlen. Sie könnte in aller Ruhe in Wien von vorne anfangen, da ihr die Wohnung und der Unterhalt solange bezahlt würden, bis sich die Sache beruhigt hätte. Ihr Teil der Abmachung war nur, sich stillzuhalten und sämtliche Kontakte abzubrechen. Doch was war das für ein Leben? Einfach zu verschwinden, ohne seinen Freunden und Kollegen Lebewohl zu sagen. Selbst dies würden die Hinterleute für sie tun. Alles war perfekt arrangiert. Sie hatte keine Familie mehr, was wohl ein Grund war, warum die 'Organisation', wie sie selbst ihre Auftraggeber nannte, sie damals vor sieben Jahren angeworben hatten. Eine junge Dame und ein älterer Herr waren zu diesem Zweck zu ihr gekommen und hatten sie in einem mehrstündigen Gespräch gründlich durchleuchtet. Aufgrund des Todes ihres Mannes, der nach einer zweijährigen Leidenszeit seinem Lungenkrebs erlegen war, konnte sie sich damals auch auf die vorgegebenen Bedingungen einlassen. Sie hatte eben das Gefühl gehabt, nichts mehr verlieren zu können.
Nun saß Gudrun Ranke jedoch in einer Wohnung, die sie sich selbst nicht ausgesucht hatte, in einer Stadt, in die sie nie ziehen wollte und starrte auf das neue Handy mit der neuen Nummer und nur einem Kontakt in ihrer Liste. Und sie wusste, dass sich die Liste nicht

wieder schnell füllen dürfte. Sonst würde dieser eine Kontakt einschreiten. Und davor hatte sie höllische Angst.

9.

Simon Eisl tat die frische Luft gut, als er durch die Gartenanlagen des Krankenhausparks zum Kontrolltermin mit seinem Freund und ihn behandelnden Arzt, Dr. Gruber, spazierte. Der Kopfschmerz war letzte Nacht deutlich besser geworden. Hätten ihn nicht wieder die misshandelten Kinder in seinen Träumen heimgesucht, wäre er vielleicht sogar richtig ausgeruht gewesen.

Der junge Arzt vermisste die Geschäftigkeit des Krankenhauses, die Schwestern, Pfleger und Ärzte genauso wie die Patienten, aber auch die sterilen Laborräume im Keller der Klinik. Das war seine Welt und in diese wollte er sobald als möglich wieder eintauchen. Heute hatte er erstmals wieder das Gefühl, dass ihm das auch gelingen würde.

Gut gelaunt betrat er daher die Station Dr. Grubers, traf allerdings nur eine Krankenschwester an, die ihm mitteilte, dass sein Kollege zu einem Notfall gerufen worden war und eine kollabierte Patientin auf der Bettenstation versorgen musste. Da die Schwester Simon Eisl kannte, führte sie ihn direkt in das Ärztezimmer und ließ ihn dort warten.

Nachdem die Krankenpflegerin den Raum verlassen hatte, wollte er sich gerade hinsetzen, als das Handy

klingelte. Es war seine Therapeutin, deren Nummer er sich gleich eingespeichert hatte, nachdem sie ihn das letzte Mal so überrumpelte hatte. Froh um eine Beschäftigung während der Wartezeit und gespannt auf weitere Überraschungen seiner Seelenärztin nahm er den Anruf vergnügt entgegen.
„Frau Dr. Steger, angenehm Sie wieder zu hören!"
Die Therapeutin verzichtete auf die förmliche Begrüßung und zögerte etwas mit ihrer Antwort.
„Ich kann nicht sagen, dass dieser Anruf angenehm ist, Herr Eisl. Ich fürchte beinahe das Gegenteil."
Simon Eisl registrierte verblüfft eine Unsicherheit in der sonst so sicheren Stimme der Therapeutin.
„Was ist passiert?"
Wieder dauerte die Reaktion eine Weile.
„Ich habe die Bilder meiner Kamera auf den Computer überspielt, weil ich den Unfallhergang etwas genauer rekonstruieren wollte. Den Fotoapparat habe ich erst vor kurzem gekauft. Und es ist erstaunlich, welch scharfe Bilder damit zustande kommen."
Eisls fröhliche Stimmung wich einer nervösen Angespanntheit.
„Und was ist auf diesen Bildern zu sehen?"
„Ich war mir am Anfang überhaupt nicht sicher. Aber ich glaubte, neben ihren Bremsspuren noch weitere, allerdings viel kürzere und schwächere Abdrücke zu sehen. Deshalb bin ich gleich heute am frühen Morgen nochmals zur Unfallstelle gefahren und habe mir diese näher angesehen. Und tatsächlich ist eine weitere schwache Reifenabriebstelle neben den von Ihnen verursachten zu sehen."
„Aber sollte das der Polizei nicht aufgefallen sein?"
„Die Abdrücke sind schwach und wirken wie eine

veraltete Spur. Außerdem kann ich mir nicht vorstellen, dass die Polizei bei ihren Untersuchungen allzu gründlich vorgegangen ist. Schließlich ist in deren Augen nicht allzu viel passiert. Doch damit ist die Sache nicht zu Ende. Ich bin daraufhin den Weg Richtung Obertrum weiter zurückgefahren. Und da habe ich noch mehr entdeckt."
Der Arzt schluckte hörbar.
„Und was wäre das?"
„Im Abstand von ein paar hundert Metern sind ebenfalls Bremsspuren zu sehen. Ich habe sie mir angesehen und sie sind noch relativ frisch. Ich konnte noch den Reifengummi von der Fahrbahn lösen. Und die Spuren sind denen der Unfallstelle schon sehr ähnlich."
Wieder hielt Clara Steger kurz inne, bevor sie mit einem hörbaren Einatmen fortfuhr.
„Was ich sagen will ist, dass ich nicht an einen einfachen Unfall glauben kann. Für mich sieht es so aus, als wären Sie absichtlich abgedrängt worden ..."
„Sie hätten wirklich Privatdetektivin werden sollen."
Eisls versuchter Scherz klang kläglich und in dem Moment stellte sich sein Kopfschmerz wieder ein.

10.

Dr. Volker Gruber hatte mit Hilfe seiner Assistenzärztin die Patientin wieder stabilisiert und von den Krankenpflegern sicherheitshalber zur Überwachung auf die Intensivstation bringen lassen. Er wusch sich die Hände mit Desinfektionsmittel und blickte auf die Uhr.

Hoffentlich wartete sein Freund Simon noch auf ihn, da er ihm eine wichtige Mitteilung zu machen hatte und einige Fragen dazu stellen wollte. Sein Kollege befand sich ohnedies im Krankenstand und würde sich die Wartezeit wohl nehmen.
Mit eiligen Schritten begab er sich daher auf die Station und traf auf die Krankenschwester, die ihm mitteilte, dass sich Simon Eisl gut gelaunt in Grubers Ärztezimmer befand.
Umso mehr verwunderte es ihn nun, als er seinen Freund mit bleichem Gesicht auf seinem Chefsessel vorfand.
„Hallo Simon, du siehst übel aus", begrüßte er ihn.
„Danke für deine Direktheit, Volker", antwortete Simon Eisl, „mir ist es tatsächlich schon mal besser gegangen. Hast du der Patientin helfen können?"
Dr. Gruber erläuterte Eisl kurz sein Eingreifen und entschuldigte sich für die Verspätung.

Eisl und Gruber waren schon während des Medizinstudiums Kollegen gewesen und hatten ihre gemeinsame Zeit nicht nur dem Lehrplan gewidmet, sondern auch auf zahlreichen feucht-fröhlichen Festen und diversen Studentenfeiern verbracht. So schätzten sie einander nicht nur beruflich, sondern ebenso menschlich, auch wenn der Spielraum für private Aktivitäten in letzter Zeit aufgrund ihrer beiden durch die Karriere geprägten Laufbahnen sehr eingeschränkt war.
Gruber nahm auf einem Stuhl gegenüber Eisl Platz und überlegte, wie er anfangen sollte.
„Simon, du darfst mir jetzt nicht böse sein, wenn ich dir eine Frage stelle. Ich bitte dich darum, mir ehrlich zu antworten."

Eisl sah Gruber verwundert an.
„Wieso sollte ich böse auf dich sein? Bitte stelle deine Frage und ich werde dir eine ehrliche Antwort geben."
Er merkte, wie schwer sich sein Freund tat, bevor er mit der Sprache herausrückte.
„Nimmst du irgendwelche unerlaubten Medikamente?"
Eisls Verwunderung nahm zu.
„Wie kommst du denn darauf?"
„Naja. Viele Ärzte nehmen aufgrund des Stresses mal das eine oder andere Medikament. Noch dazu, wenn der Zugang in der Klinik so einfach ist. Du wärest wirklich nicht der erste Fall."
Simon Eisl wurde jetzt tatsächlich leicht ungehalten.
„Und wieso sollte ich einer dieser Ärzte sein?"
Dr. Gruber war nicht ganz wohl in seiner Haut.
„Es ist so, Simon. Ich wollte in deinem Fall natürlich sicher gehen und habe über die üblichen Untersuchungen hinaus auch noch unter anderem einen großen Bluttest machen lassen ..."
„Und?" Eisl war sichtlich immer mehr irritiert.
„Zuerst habe ich mir nur die wichtigen Werte angesehen, die deine Gesundheit betreffen. Nachdem du mir aber erzählst hast, dass du dich nicht an den Unfall und die Folgen erinnern kannst, habe ich mir zwei Tage nach deinem Unfall die Werte nochmals genauer angesehen. Und mir ist eine Substanz im Blut aufgefallen, die da nicht sein sollte ..."
Eisl zeigte seinem Freund ungeduldig an, fortzufahren.
„Ich habe Spuren von Benzodiazepinen gefunden."
Simon Eisl begann langsam den Zusammenhang zu verstehen.
„Du meinst also, ich nehme heimlich Beruhigungsmittel?"

„Ich meine gar nichts, Simon", antwortete Gruber, „aber ich habe versucht, mir einen Reim auf deine Situation zu machen. Eine Überdosis könnte vieles erklären. Sowohl deinen Unfall als auch deine Erinnerungslücken ..."
Eisl konnte die Gedankengänge seines Kollegen gut nachvollziehen.
„Du könntest durchaus recht haben. Eine Überdosis würde mich müde gemacht haben. Darum bin ich im Auto eingeschlafen. Was zum Unfall führte. Die Medikamente verstärkten durch ihre Wirkung noch zusätzlich die Amnesie, was meine Erinnerungsstörungen erklärt."
Dr. Gruber hob leicht seine Schultern.
„So hätte ich versucht, es mir zu erklären ..."
„In Ordnung, Volker. Die Sache hat nur zwei Haken."
„Und die wären?"
„Benzodiazepine wirken sich meist nur auf die Geschehnisse nach der Einnahme aus. Ich kann mich aber auch an die Zeit vor dem Unfall nicht erinnern."
Volker Gruber musste Eisl zustimmen.
„Das ist mir auch schon aufgefallen. Und daher wollte ich dich fragen, ob und welche Medikamente du einnimmst, um die Wirkung und eventuelle Wechselwirkungen mit anderen Medikamenten festzustellen."
„Und da ist auch der zweite Haken. Ich nehme außer Kopfschmerztabletten keine Medikamente."
Dr. Gruber wusste, dass er seinem Freund glauben konnte.
„Wie kommt dann die Substanz in deinen Körper?"
Plötzlich schoss Simon Eisl ein unglaublicher Verdacht.
„Benzodiazepine können doch auch mittels Injektion verabreicht werden?"
Der Kollege nickte zustimmend.

„Warst du nach meiner Einlieferung der erste Arzt, der mich untersucht hat?"

„Ich war der Erste", bestätigte Gruber, „und auch dein Chefarzt. In dem Fall konnte ich mir das nicht nehmen lassen."

„Hast du oder eine deiner Krankenschwestern mir eine Nadel gestochen?"

Volker Gruber dachte nach.

„Der Notarzt hat bereits am Unfallort einen Portkatheter gelegt, um dir eine Kochsalzlösung zu geben. Es war für uns also nicht notwendig, dir noch eine Nadel zu stechen. Wir haben den vorhandenen Eingang benutzt.

„Bist du dir sicher, Volker?"

Der Freund nickte wieder.

„Und danach habe ich meines Wissens nach keine Spritze mehr bekommen?"

„Für was auch Simon? Du warst körperlich so gut wie unbeschadet."

Eisl krempelte sich die Ärmel hoch und zeigte seinem Freund zwei Einstiche in der Armbeuge.

„Kannst du mir das erklären?"

Dann erzählte er Gruber auch noch von seinem Telefonat mit Frau Dr. Steger. Nun war es Gruber, der immer verwirrter dreinblickte.

„Simon, was geht hier vor?"

11.

Punkt sechs Uhr gingen wie jeden Tag, ohne Ausnahme, die Lichter an. Sofort waren die Räume erfüllt vom Geschrei der Babys und Kinder. Die diensthabenden Krankenschwestern, Hebammen und Ärzte gingen eifrig ihren Tätigkeiten nach. Alles erinnerte vom Ablauf her an einen normalen Krankenhausbetrieb auf einer Säuglings- und Kinderstation. Nur dass der riesige Keller unter dem Gebäude der Alm mit einem herkömmlichen Spital nichts gemein hatte. Es gab weder einen Portier noch Angehörige, die ihre Patienten besuchten. Die Ärzte, Schwestern, Pfleger und Hebammen wurden mehr als gut bezahlt, schienen aber auf keiner Gehaltsliste und bei keiner Krankenversicherung auf. Viele arbeiteten hier aus Überzeugung, andere aufgrund der exorbitanten Bezahlung. Alle hatten aber eines gemein: sie waren gesellschaftlich mehr oder weniger isoliert und hatten selbst keine Kinder. Und alle hatten sich von Beginn an zur Verschwiegenheit verpflichtet. Diese zu brechen hatte noch nie jemand gewagt. Die Angst um das eigene Leben war einfach zu groß. Diejenigen, die das Projekt hier leiteten, würden nicht einen Moment zögern, ein Leben auszulöschen. Das Prinzip funktionierte bereits seit Jahrzehnten. Und sollte dennoch jemand Zweifel bekommen, gab es zuvor auch noch schlagkräftige Argumente. Im wahrsten Sinne des Wortes.

Heute brachte Schwester Nikola den neuen Säugling aus der Babyklappe des Salzburger Krankenhauses. Die Übernahme war unproblematisch verlaufen. Nun würde aber die Arbeit für sie erst richtig beginnen.
Natürlich war ihr die auf sie zukommende Tätigkeit zuwider. Doch man konnte nicht sagen, dass sie ihren Job hasste. Sie hatte nur lernen müssen, während ihrer Arbeit sämtliche Menschlichkeit abzulegen. Und sich

einzureden, dass sie im Dienste einer großen Sache handelte.

Deshalb betrachtete sie auch den Säugling ohne Emotionen und ließ sein Geschrei an sich abprallen. Die nächsten Wochen und Monate würden sie zwar zusammen verbringen. Sie würde aber keine Beziehung zu ihm aufbauen. Diesen Fehler hatte sie schon einmal gemacht. Und bitter bereut.

Fast teilnahmslos ging sie daher zur Registrierung, bei der eine ebenso teilnahmslose Dame dem Jungen die Nummer 786 verpasste und diese mit einem Plastikband an seinem kleinen Handgelenk fixierte. 786. Das würde fortan auch sein Name sein.

12.

Polizeiinspektor Fenninger schüttelte den Kopf. Die Theorien, die der junge Arzt ihm unterbreitet hatte, schienen mehr als suspekt und eher auf eine Paranoia hinzudeuten als auf klaren Sachverstand. Nur, wie sollte man einem Arzt, noch dazu aus einer einflussreichen Salzburger Familie, dies klar machen? Es blieb ihm wohl nichts anderes übrig als der Sache nachzugehen.

Er funkte daher seinen Kollegen Braunbacher an, der gerade eine Amtshandlung an zwei betrunkenen Jugendlichen durchführte, die einen Pensionisten angepöbelt hatten.

Die Leute stellten sich die Arbeit der Polizei immer spannender vor als sie tatsächlich war. Solche Einsätze wie heute machten 45% ihrer Arbeit aus. Und noch-

mals 45% gingen für die anschließende Dokumentation drauf.
Missmutig funkte Fenninger seinen Kollegen ein weiteres Mal an. Braunbacher sollte seine Pöbler später dokumentieren. Zumindest konnten sie das schöne Wetter nutzen und einen Dienstausflug mit dem Auto unternehmen. Herauskommen würde ohnedies nichts. Der junge Arzt war eingeschlafen, von der Fahrbahn abgekommen und hatte sich überschlagen. Glücklicherweise war ihm nichts passiert. Das passende Auto zum jungen Arzt hatte natürlich sein Übriges dazu beigetragen. Und das war es auch schon. Fenninger spürte erneut die Wut in sich aufsteigen. In diesem Moment meldete sich Braunbacher, der nicht minder verärgert war, als er hörte, was sein Chef noch mit ihm vorhatte.

Fünf Minuten später fuhren sie mit dem Dienstwagen die Mattseer Landesstraße entlang zum Unfallort. Dort angelangt stellten sie das Blaulicht an und Braunbacher sicherte den Verkehr. Fenninger, der bereits vor drei Wochen schon bei der Unfallaufnahme dabei gewesen war, betrachtete die Fotos, die ihm Eisl mitgegeben hatte und verglich diese mit den vorliegenden Reifenspuren. Damals herrschte Dunkelheit. Jetzt im Tageslicht wurde allerdings eines klar: Ging man von einer Paranoia des jungen Arztes aus, so war diese zumindest nachvollziehbar. Tatsächlich zeichnete sich neben Eisls noch deutlich erkennbarer Reifenspur noch ein zweites, schwächeres Spurenpaar ab. Der Polizeiinspektor winkte seinen Kollegen zurück ins Auto. Einige hundert Meter weiter wiederholten sie die Prozedur. Braunbacher sicherte den Verkehr und Fenninger untersuchte die nächsten Reifenabriebe. Und kam ins Grübeln. Wie der

Arzt ihm mitgeteilt hatte, zeigten sich auch hier wieder deutlich vier Reifenspuren. Nach einer kurzen Unterredung mit seinem Kollegen beschloss er, die Spurensicherung einzuschalten. Doch bevor er die Nummer wählen konnte, läutete es auf seinem Handy. Als er abhob, meldete sich ein gewisser Journalist namens Kroll, um sich zu erkundigen, ob die Ermittlungen um den Unfall nun endlich abgeschlossen seien. Nun glaubte selbst Fenninger nicht mehr an eine Paranoia Eisls.

13.

Clara Steger hörte sich staunend die neuen Erkenntnisse Eisls an.
„Das klingt alles einfach nur verrückt. Wieso sollte es jemand auf Sie abgesehen haben? Ihr Beruf ist ehrenwert. Sie sind engagiert und können vielen Menschen helfen. Und das wenige Privatleben, das Sie haben, scheint auch nicht vor Gefahren zu strotzen. Oder haben Sie mir etwas Wichtiges verschwiegen?"
Der junge Arzt, dessen Kopfschmerzen zumindest so gut wie verschwunden waren, grinste ironisch.
„Wissen Sie, dass Sie in kürzester Zeit der zweite Mensch sind, der mich fragt, ob ich etwas verheimliche?"
Steger zuckte mit den Schultern. „Und, tun Sie es?"
„Nicht dass ich wüsste. Ich liebe meine Arbeit und kann mir kaum vorstellen, dass ich jemanden damit auf die Füße getreten habe. Und wie Sie sagen, verläuft mein Privatleben mehr als ruhig."

Die Therapeutin fand keinen Grund, dem jungen Wissenschafter nicht zu glauben. Dennoch blieb eine Frage offen, die sie ihrem Patienten noch stellen sollte.
„Wie es aussieht, sind Sie, aus welchen Gründen auch immer, absichtlich von der Straße abgedrängt worden. Von einem gezielten Anschlag auszugehen wäre in Ihrem Fall aber wohl etwas weit hergeholt. Wahrscheinlich handelt es sich um irgendwelche jugendlichen Rowdies, die neidig auf Ihren schönen Wagen waren. Oder irgendein Betrunkener hat die Straße mit einer Rennstrecke verwechselt. Wie auch immer, die Sache liegt nun bei der Polizei und wird nun wohl etwas genauer unter die Lupe genommen werden. Was mich betrifft, scheint mir unsere Zusammenarbeit jedoch leider beendet. Ich fürchte, ich kann Ihnen nun nicht mehr weiterhelfen."
Eisl betrachtete nachdenklich seine Fingernägel, bevor er der Therapeutin ins Gesicht blickte.
„Sie haben natürlich recht. Ich könnte alles der Polizei überlassen und jetzt, wo die Kopfschmerzen so gut wie weg sind, mich wieder wie gewohnt meiner Arbeit widmen. Ich wäre abgelenkt und würde wohl früher oder später zurück in den normalen Alltag finden. Ich habe nur ein Problem dabei."
„Ihre Träume", ergänzte Steger ihren Patienten.
Eisl nickte. „Selbst wenn sie in der nächsten Zeit verschwinden sollten, habe ich das Gefühl, dem Ganzen nachgehen zu müssen. Irgendetwas lässt mir keine Ruhe und ich glaube nicht, dass ich einfach zurück zu meiner Arbeit kann, ohne eine Erklärung gefunden zu haben."
Der junge Arzt machte eine kurze Pause, bevor er fortfuhr.

„Ohne Sie, Frau Dr. Steger, wäre ich noch nicht viel weiter gekommen. Ihre Beobachtungen haben mich dazu ermutigt, weiterzugraben. Nach was auch immer. Ich möchte Sie daher bitten, mich als Ihren Patienten zu behalten. Helfen Sie mir, meine Erinnerungen an diesen Tag zu finden. Und leihen Sie mir Ihren scharfen Verstand, um einige Dinge besser zu verstehen."

Die Therapeutin tat, als müsse sie nachdenken, doch ihr Entschluss stand sofort fest. Schließlich konnte man nicht alle Tage aus dem tristen Leben einer Couchpsychologin treten. So schüttelten sie sich die Hände und besiegelten die weitere Zusammenarbeit.

14.

Joachim Kroll öffnete ein Bier und fluchte laut vor sich hin. Im Moment schien alles aus dem Ruder zu laufen. Zuerst war er bei seinen Recherchen in der Klinik auf die ungehaltene Reaktion des zuständigen Arztes gestoßen, der ihm mitteilte, dass er nicht bereit sei, ihm weitere Auskünfte zu geben. Kroll hatte dies noch damit abgetan, dass Gruber einfach im Stress zu sein schien.

Dann hatte er den Polizisten angerufen, um die ganze Sache so schnell wie möglich abzuschließen. Dieser verschwieg ihm aber nicht nur die Informationen über den Stand der Ermittlungen, sondern lud ihn gleich auf die Wachstube vor.

Nun hatte er zwei Anrufe in Abwesenheit von seinem unbekannten Auftraggeber am Handy aufscheinen und traute sich nicht, zurückzurufen. Irgendwie hatte er das Gefühl, schwer in der Klemme zu stecken.

Fünf Jahre zuvor hatte er nicht lange gezögert, als sie ihn über das Telefon angeworben hatten und bereits nach seiner ersten Recherchearbeit eine nicht unbedeutende Summe auf seinem Konto aufschien.
Mit seinem Presseausweis konnte er an Informationen herankommen, die andere nicht so leicht erhielten. Ihm schienen es meist harmlose Informationen zu sein. Besonders häufig standen die Nachforschungen in Zusammenhang mit den hiesigen Kliniken. Er vermutete einen Pharmakonzern hinter der ganzen Sache, wollte es aber gar nicht so genau wissen. Er hatte sich mit der Situation gut arrangiert und war froh über den Zusatzverdienst. Ob das Geld von einer legalen oder illegalen Vereinigung kam, war ihm schlussendlich egal gewesen.
Doch nun stand er bei diesem Fall selbst in der Schusslinie und musste bei der Polizei eine Aussage tätigen. Ihm blieben also nur zwei Möglichkeiten. Entweder er belog die Exekutive oder seinen unbekannten Auftraggeber. Beide Vorstellungen erfüllten ihn mit Angst. Zu allererst würde er also noch ein Bier trinken, ehe er den Anruf in Abwesenheit erwiderte.

15.

Wolfgang Eisl verfolgte den schlurfenden Schritt der Rentnerin, die auf dem Weg in die Küche war, um

einen Kaffee aufzustellen. Er hatte sich mehr oder weniger selbst eingeladen, da ihn das Verschwinden von Schwester Gudrun einfach keine Ruhe ließ. Er hatte zuvor bereits alle seine Mitarbeiter gefragt, ob sie etwas über ihr plötzliches Abtauchen wussten. Doch niemand hatte ihm auch nur irgendeinen Hinweis auf den Aufenthaltsort seiner ehemaligen Pflegeleiterin geben können. Daraufhin hatte er im Meldeamt nachgeforscht, bei dem Schwester Gudrun ordnungsgemäß von ihrer Wohnung abgemeldet worden war. Doch schien keine neue Adresse auf, was sich auch der zuständige Beamte nicht erklären konnte. Selbst bei ihrem Vermieter war er schon gewesen. Doch dieser konnte ihm nur mitteilen, dass Frau Ranke bei ihm vor nicht einmal einer Woche die Wohnung gekündigt hatte und die restlichen Raten inklusive der Kündigungsfrist anstandslos und in bar bei ihm im Voraus bezahlt hatte. Wolfgang Eisl ging also einen Schritt weiter und befragte nun die Nachbarn, ob sie etwas gehört oder gesehen hätten. Schwester Gudrun wohnte in einem kleinen Wohnblock mit mehreren Etagen. Ihre pensionierte Nachbarin, auf deren Klingel Getraut und Heinrich Berger stand, schien alleine zu leben. Eben kam sie mit einem frisch duftenden Kaffee aus der Küche.
„Was wollten Sie eigentlich von mir, Herr ...". Frau Berger hatte den Namen nicht verstanden.
„Eisl. Wolfgang Eisl." Der Personalleiter betonte deutlich jede Silbe.
„Ihre Nachbarin von Gegenüber, Frau Gudrun Ranke, ist vor etwa einer Woche ausgezogen."
Die Miene der Rentnerin hellte sich nun etwas auf.
„Eine sehr nette Dame. Hat mich ab und zu besucht und einen Kaffee mit mir getrunken."

„Hat Sie Ihnen gesagt, dass sie ausziehen will?"
„Kein Wort hat sie gesagt. Plötzlich war sie weg. Sie wird wohl etwas Besseres gefunden haben. Wissen Sie, Herr ..."
„... Eisl."
„Herr Eisl. Die Wohnungen hier sind nicht schön. Dafür billig. Aber es leben nur mehr alte Leute hier. Und die Jüngeren zieht es immer gleich wieder weg."
Eisl warf einen genaueren Blick auf die Wohnung und musste der Rentnerin Recht darin geben, dass sie wirklich nicht sehr attraktiv wirkte. Und er konnte sich vorstellen, dass selbst die anscheinend billigen Mieten noch viel zu überteuert für den Zustand waren.
„Sie haben sie also nicht mehr gesehen?"
„Gesehen hab ich sie schon noch", erwiderte Frau Berger. „Wissen Sie, ich hab ja nichts mehr Wichtiges zu tun. Da schau ich halt oft aus dem Fenster. Und da hab ich gesehen, wie sie mit dem Umzugswagen davon gefahren ist. Ich hab ihr sogar noch gewunken. Und ich glaube sogar, sie hat zurückgewunken."
Eisl horchte auf.
„Sie wissen nicht zufällig, wie die Umzugsfirma hieß?"
„Natürlich. Das waren die Wimmer Transporte. Mit Sitz in Oberösterreich."
Die Überraschung musste ihrem Gast ins Gesicht geschrieben gewesen sein, denn Frau Berger erklärte schmunzelnd:
„Mein Mann war jahrzehntelang in der Speditionsbranche tätig. Da kennt man alle Firmen. Und das Langzeitgedächtnis funktioniert Gott sei Dank im Großen und Ganzen noch recht gut."
Wolfgang Eisl bedankte sich herzlich für den Kaffee und versprach, wieder einmal vorbeizuschauen. Viel-

leicht würde er ja wirklich kommen. Zumindest hatte ihm Frau Berger den ersten brauchbaren Tipp gegeben. Die Rentnerin begleitete ihn noch bis zur Tür.
„Auf Wiedersehen, Herr Eisl". Jetzt hatte sie sich den Namen gemerkt. Leider war ihr Besuch aber auch schon fort. Ein netter Herr, dachte sie noch, als sie ihm vom Fenster aus zuwinkte.

16.

Simon Eisl zog sich bereits im Vorhaus die Schuhe aus, da sein Onkel sehr auf Sauberkeit in seinem Haus bedacht war. Noch im Hineingehen hörte er das Ploppen eines Korkens.
„Hallo Onkel. Für mich bitte keinen Wein. Du weißt ja, die Kopfschmerzen. Und außerdem bin ich mit dem Auto da."
„Kein Problem", erwiderte Georg Eisl und schenkte sich selbst ein Glas ein. „Setz dich an den Tisch, ich komme gleich."
Der junge Eisl machte es sich an der Essecke bequem.
„Wie geht es mit deiner Therapeutin?"
Simon zuckte leicht zusammen.
„Woher weißt du das?"
Sein Onkel kam mit einem Lächeln aus der Küche.
„Du weißt, wie klein Salzburg ist. Eine Mitarbeiterin von mir hat dich mit Frau Steger zusammen gesehen. Aber wenn Therapie schon keinen Sinn macht, Verbrechen ist es auch keines. Kann sie dir wenigstens weiterhelfen?"

Der Neffe, der sich ohnedies überführt fühlte, erzählte seinem Onkel im Groben, was er mit Frau Steger bis dahin besprochen und erlebt hatte. Georg Eisl, der interessiert zugehört hatte, schüttelte nach Beendigung der Schilderungen nachdenklich den Kopf.

„Ich weiß nicht Simon, ob du dich in dieser Sache nicht verläufst. Du bist auf dem Weg der Besserung und solltest deine Zeit nicht mit solchen Hirngespinsten vertun, sondern sobald als möglich wieder deine Arbeit antreten. Du kommst mir ein bisschen vor wie dein Vater. Wolfgang ist ja auch wie besessen von seiner Idee mit der unbenutzten Babyklappe."

Simon Eisl hatte das Gefühl, sich und seine Therapeutin verteidigen zu müssen.

„Ich weiß ja, wie du dazu stehst, Onkel. Aber Frau Dr. Steger ist sehr kompetent und geht manchmal etwas andere Wege. Genau das schätze ich aber an ihr. Und es ist für mich einfach wichtig zu wissen, was am Tag des Unfalls geschehen ist. Ich kann es nicht so einfach stehen lassen."

„Ich versteh dich zwar wirklich nicht ganz", erwiderte Georg Eisl, „aber es ist ohnedies deine Angelegenheit und ich will mich auch nicht einmischen. Doch eigentlich bist du ja gekommen, weil du wissen wolltest, was wir am Abend deines Unfalles besprochen haben?"

Der Neffe nickte bestätigend und sein Onkel holte aus der Schublade eine Mappe mit Unterlagen hervor.

„Ich habe mit dir über diese Unterlagen gesprochen. Es sind die neuesten Ergebnisse aus der Tierversuchsklinik in Münster."

Simon überflog die Papiere und staunte.

„Die Mäuse nehmen das Medikament also an?"

„Die Versuchstiere zeigen eine hohe positive Reaktion

auf das Calzediozepril! Es scheint die Krebszellen wie ein Schwamm aufzusaugen. Noch können wir keine Langzeitergebnisse vorweisen und wissen nicht, ob sich die Krebszellen gegen das Serum wehren können. Aber diese ersten Ergebnisse könnten ein Meilenstein in der Krebsforschung werden!"
Der Stolz in Georg Eisls Stimme war unüberhörbar.
Simon Eisl konnte nicht anders als aufzustehen, seinen Onkel zu umarmen und zu gratulieren. In dem Moment läutete das Handy. Georg Eisl, zwar gerührt von der Reaktion seines Neffen, aber auch froh über die Unterbrechung, die es ihm ermöglichte, sich aus der Umarmung zu lösen, nahm das Gespräch an.
Ein paar Mal nickte er während des Gespräches, bevor er auflegte und sich an Simon wandte.
„Ich muss leider zu einem Noteinsatz. Zwischen Obertrum und Mattsee ist es zu einem schweren Verkehrsunfall gekommen. Ich habe heute Bereitschaftsdienst."
Der Neffe bot seine Hilfe an, doch Georg Eisl verneinte. „Der Kollege Koberger ist schon auf dem Weg und die Polizei hat zusätzlich einen Hubschrauber angefordert. Bleib also bitte einfach hier und sieh dir die Unterlagen genau durch. Die Berichte sind zu schön, um wahr zu sein. Ich komme nach dem Einsatz gleich zurück."
Die letzten Worte hatte er bereits auf dem Weg durch die Türe gesprochen. Simon Eisl beherzigte sie, setzte sich zurück an den Tisch und las sich die Unterlagen Punkt für Punkt durch. Sein Onkel hatte recht. Die Resultate der Tierversuche waren mehr als gut. Sie waren fantastisch.
Während er interessiert Seite für Seite durch die Papiere blätterte, fiel sein Blick auf ein Bild an der Wand. Plötzlich zuckte ein Blitz durch seinen Kopf, nur einen

kurzen Moment und kaum wahrnehmbar. Dennoch blieben seine Augen daran hängen. Es schien irgendeine Erinnerung in ihm auszulösen.

Der junge Arzt stand auf und betrachtete das Gemälde, bis ihm dämmerte, dass nicht das Bild selbst das Wichtige war, sondern das Dahinter. Vorsichtig nahm er es daher am Rahmen und löste es von der Wand. Ein eingemauerter Tresor kam zum Vorschein, den Simon Eisl zuvor noch nie gesehen hatte. Vorsichtig drückte er den Eingabeknopf auf dem Display, das nun nach einem sechsstelligen Code verlangte. Intuitiv gab er die Zahlen 250744 ein.
Mit einem leisen Klick öffnete sich die Tür. Eisl wich nervös zurück und schaute zum Eingang. Selbst wenn der Verkehrsunfall glimpflich ausgegangen sein sollte, konnte sein Onkel noch nicht zurück sein. Zwiespältig überlegte er, was er nun tun sollte. Einerseits wollte er nicht in die Intimsphäre seines Onkels eindringen. Andererseits stellte er sich die Frage, woher er die Kombination wissen konnte. Irgendwie musste dies mit dem Abend des Unfalles zu tun haben. Und das würde heißen, dass ihm sein Onkel etwas verschwieg.
Die Neugier siegte und Simon Eisl nahm vorsichtig den Inhalt aus dem Tresor.

17.

Georg Eisl und Fritz Koberger schüttelten sich zum Abschied kollegial die Hände. Der Hubschrauber hob sich ohne Patienten in die Luft. Der Verkehrsunfall war zum Glück für die Fahrer und Insassen ohne gröbere Verletzungen ausgegangen und ein weiterer Einsatz der beiden Ärzte daher nicht von Nöten. Der Abschleppdienst war informiert, um die beiden Autos in der Werkstatt abzuliefern. Die Sanitäter begleiteten die Unfallopfer in die Rettungswägen, um sie zur Kontrolle ins Krankenhaus zu bringen. Für Dr. Georg Eisl war die Sache damit erledigt und er stieg ins Auto, um zurück zu seinem Haus zu fahren und das Gespräch mit seinem Neffen fortzuführen. Er war schon gespannt, was dieser zu dem Bericht der Tierversuchsklinik sagen würde und freute sich auf eine anregende Diskussion.

Als er mit seinem Auto um die Ecke bog, war der Wagen seines Neffen nicht mehr da. Irritiert öffnete er die Haustür und fand eine leere Wohnung vor. Auf dem Esstisch lag eine Notiz von Simon Eisl, auf der er sich für sein verfrühtes Aufbrechen entschuldigte. Die Kopfschmerzen seien wieder schlimmer geworden. Er gratuliere aber seinem Onkel nochmals zu den unglaublichen Fortschritten und freue sich auf ein weiteres Treffen, um die Ergebnisse zu besprechen.

Georg Eisl war etwas enttäuscht. Er hatte sich auf die fachliche Unterredung mit seinem Neffen gefreut. So würde er aber zumindest früher ins Bett kommen.

Wie jeden Tag ging er nochmals ins Arbeitszimmer, um den Computer über die Nacht herunterzufahren. Irgendetwas kam ihm dabei anders vor. Als er sich umschaute, blieb sein Blick am Kopierer hängen. Eine Warnlampe zeigte an, dass Papier nachgelegt werden musste. Er war sich aber sicher, dass noch genug Papier in der Lade sein müsste. Als er seine Hand auf das

Gerät legte, stellte er fest, dass es warm war. Sein Neffe musste etwas vervielfältigt haben.
Georg Eisl dachte an das Naheliegende und holte sich die Forschungsunterlagen, die er Simon gezeigt hatte. Diese waren allerdings mit der originalen Heftklammer befestigt. Und er war sich auch sicher, dass sich sein Neffe die Papiere nicht ohne seine Zustimmung kopiert hätte.
Eisl wollte die ganze Sache für diesen Tag bereits abhaken und Simon einfach morgen danach fragen, als seine Aufmerksamkeit auf das Bild an der Wand fiel. Das Gemälde zeigte hunderte von Augen, die nun auf ihn zu blicken schienen. Daran hatte er sich normalerweise schon gewöhnt. Heute starrten sie ihn allerdings verkehrt herum an. Und Georg Eisl verlor erstmals seit langem wieder seine Gelassenheit.

18.

Simon Eisl hatte das Haus seines Onkels fast fluchtartig verlassen. Mit Mühe konnte er seine Konzentration auf den Verkehr lenken. Nur die Gedanken an seinen Unfall hinderten ihn daran, nicht zu schnell zu fahren.
Der Impuls überkam ihn, wieder zurückzukehren. Im Wagen war es ihm eingefallen, dass er kein Papier in den Kopierer nachgelegt hatte. Die Gefahr, dass sein Onkel bereits wieder zu Hause war, schien ihm aber zu groß. Er würde sich wohl eine Ausrede einfallen lassen müssen.

Nachdem er die alten Dokumente im Tresor entdeckt hatte, war er zunächst verständnislos dagestanden, ehe ihn beim Durchblättern eine Welle des Schocks übermannte. Es dauerte eine Weile, bis er feststellte, was er da eigentlich in der Hand hielt. Es hatte dann noch einen Moment gebraucht, bis er beschloss, zumindest einen kleinen Teil der Unterlagen zu vervielfältigen, damit er sie sich zu Hause genauer ansehen konnte.

Eisl konnte sich vorstellen, dass sein Onkel diese Dokumente nicht umsonst im Tresor versteckt gehalten hatte. Die Unterlagen waren als streng geheim eingestuft und gekennzeichnet worden. Am Briefkopf prangte deutlich das Hakenkreuz. Und am Ende der Korrespondenzen standen zwei Namen: Johann Hauser und Gerhard Eisl. Er kannte die Unterschrift seines Großvaters und sie stimmte mit der vorliegenden überein.

Allein das hätte genügt, um in dem jungen Arzt seine jetzige Unsicherheit auszulösen. Aber noch ein Detail ließ ihn einfach nicht los. Der Code, den er intuitiv benutzt hatte. 250744. Er kannte ihn. Es war das Geburtsdatum seiner Mutter.

II

1.

Im riesigen Keller, den einige der Mitarbeiter unter vorgehaltener Hand 'die Klinik unter der Alm' nannten, war der Alarm ausgelöst worden. Über der Tür des Intensivzimmers blinkte die rote Leuchte und ein schrilles Klingeln versetzte die ganze Station in Aufregung. Plötzlich war der Bunker vom Gekreische und Geschreie der Kinder erfüllt, das gespenstisch in den Bunkerhallen widerhallte, ohne jemals an die Außenwelt zu dringen.
Der diensthabende Arzt eilte sofort aus der Besprechung mit den Pflegerinnen und rief gleichzeitig nach der Operationsschwester. Am Gang trafen die beiden zusammen und wortlos liefen sie durch die Türe des Intensivzimmers. Im Bett rang in dem Moment ein 6-jähriger Junge mit der Nummer 677 auf seinem Armband um sein Leben.
Der Blick auf die Monitore zeigte den beiden Spezialisten einen raschen Abfall der Kurven. Die Atmung des Burschen setzte bereits aus und die Herzfrequenz sank rapide. Dr. Rüttger reagierte sofort und überprüfte zur Sicherheit noch selbst Atmung und Puls des 6jährigen, die beide kaum mehr vorhanden waren.
Er begann mit seiner Helferin sofort mit der Reanimation. Doch weder die externe Zugabe von Sauerstoff, noch die Herzmassage zeigten Wirkung. Dr. Rüttger ließ Schwester Seidl den Defibrillator holen, versetzte dem Jungen einen Stromstoß und fuhr mit der Beatmung und der Herzmassage fort. Immer wieder versuchten die beiden den kleinen Patienten zurückzuholen, ehe sie schließlich erschöpft aufgeben mussten. Dr. Rüttger konnte nur mehr den Tod feststellen. Vorsichtig schloss

er dem Jungen die Augen, bevor er die Nummer der sogenannten Sterbeabteilung wählte.
Plötzlich kehrte eine unheimliche Ruhe im Keller ein. Kein Laut war mehr aus den Zimmern der anderen Kinder zu hören. Als schienen sie zu spüren, dass sich eines von ihnen vom Leben verabschiedet hatte.

2.

Simon Eisl saß bei seiner Therapeutin in der Praxis und studierte gerade mit ihr die Unterlagen, die er sich aus dem Tresor seines Onkels kopiert hatte, als das Handy vibrierte und dessen Nummer auf dem Display erschien. Frau Steger zog aus der Reaktion des Klienten ihre Schlüsse.
„Ihr Onkel?"
Eisl nickte.
„Vielleicht sollte ich hingehen. Wer weiß, möglicherweise hat das alles eine ganz einfache Erklärung?"
„Einfach", sinnierte Steger, „scheint mir in Ihrem Fall gar nichts mehr zu sein. Vor ein paar Tagen noch hatte ich einen Patienten mit posttraumatischen Störungen aufgrund eines Verkehrsunfalls. Nun sitze ich mit einem Anschlagsopfer zusammen, das noch dazu ein brisantes Familiengeheimnis umgibt. Wenn Sie mich fragen, würde ich Ihren Onkel erst etwas später kontaktieren, wenn Sie sich ein Bild von der Sache gemacht haben."
Eisl überlegte.
„Wahrscheinlich haben Sie recht. Aber ich fühle mich

durch die Art und Weise, wie ich zu diesen Dokumenten gekommen bin, doch etwas schuldig."
„Wir können wohl davon ausgehen, dass Ihr Onkel nichts davon weiß", beruhigte ihn die Therapeutin. „Daher haben Sie alle Zeit der Welt, sich Gedanken darüber zu machen. Die Schuldfrage ist natürlich eine andere. Aber auch das können Sie zu einem späteren Zeitpunkt mit ihm besprechen. Doch wenden wir uns den Dokumenten zu. Sie haben nichts davon gewusst?"
„Ich sehe sie zum ersten Mal", antwortete Eisl „und es schockiert mich, dass ich meinen Großvater in Zusammenhang mit den Menschenversuchen in Dachau bringen muss. So lange er gelebt hatte, war dieses Thema nie zur Sprache gekommen. Bis 1984 führte er sogar eine eigene Arztpraxis in Filzmoos. Fünf Jahre nach seiner Pension kam er dann bei einer Bergtour ums Leben. Seine Leiche wurde erst zwei Jahre später geborgen.
Er hatte uns zu Lebzeiten nur erzählt, dass er lange Zeit an der Front gedient hatte, bevor er die letzten zwei Jahre seinen Dienst im KZ Dachau verbringen musste. Allerdings ging es in dieser Zeit nach seinen Angaben ′nur′ um die Feststellung des gesundheitlichen Zustandes der Inhaftierten. Es war nie die Rede von Menschenversuchen!"
Die Wut kam in dem jungen Arzt hoch. Die letzten Worte waren immer lauter geworden.
Dr. Steger versuchte beruhigend einzugreifen.
„Wir müssen ganz genau aufpassen, ehe wir jemanden zu Unrecht beschuldigen. Die Unterlagen, die Sie haben, sind alles andere als komplett."
Simon Eisl nahm wahllos einen Zettel heraus.

„Dachau, 11.03.1942. Höhentodversuch. Versuchsperson Sigmund N. stirbt in einer Vakuumkammer beim Versuch, eine Höhe von 10.500 Meter zu simulieren. Nur eine Stunde später wird das noch frische Herz zur Sezierung freigegeben."
Wieder nahm der junge Arzt ohne zu schauen einen Zettel hervor.
„Dachau, 25.04.1942. Kältetodversuch. Um die Überlebenschance von abgeschossenen deutschen Piloten zu testen, werden Häftlinge solange eisigem Wasser ausgesetzt, bis sie schließlich erfrieren. All das wird minutiös und haargenau dokumentiert. Und darunter immer wieder die Unterschrift meines Großvaters."
Angeekelt war Eisl aufgestanden und hatte Teile der Unterlagen auf den Boden geworfen. Die Therapeutin war sichtlich betroffen, versuchte aber dennoch weiterhin beruhigende Worte zu finden.
„Ihr Großvater scheint aber immer nur in der Funktion als Arzt auf, der den Tod der Versuchpersonen bestätigte. Als Versuchsleiter zeichnet sich der andere Mediziner verantwortlich. Dr. Hauser. Dieser scheint in allen Fällen federführend zu sein. Ihr Großvater wird in keiner Versuchsanordnung auch nur erwähnt, soweit ich dies gesehen habe."
Eisl setzte sich geknickt auf einen Sessel.
„Sie haben natürlich wieder einmal recht. Aber mein Großvater war immer ein Vorbild für alle Familienmitglieder. Für meinen Onkel, meinen Vater, für mich."
„Werden Sie es Ihrem Vater sagen?"
Simon Eisl dachte lange nach. Dann nickte er.
„Ich würde es an seiner Stelle auch wissen wollen …"

3.

Janez Zajc erwartete Joachim Kroll in Jesenice, nahe der österreichischen Grenze. Sie hatten an einer Tankstelle einen Treffpunkt vereinbart, um die weiteren Bedingungen der Geldübergabe zu besprechen. Freundlich begrüßte Zajc den nervös wirkenden Journalisten. Er wusste, dass Kroll ein Informant war und dass von oberster Stelle der Befehl kam, ihn aus der Schusslinie der Polizei zu bringen, noch bevor er eine Aussage tätigen konnte. In gebrochenem Deutsch erklärte er Kroll, dass er ihm in seinem Wagen folgen sollte, um auf einem Parkplatz in der Nähe von Mojstrana die restlichen Formalitäten zu erledigen.

Joachim Kroll folgte dem Auto des Slowenen und versuchte, das Kennzeichen im Kopf zu behalten. Seine Nervosität war kaum zu verbergen. Doch nachdem er mit seinem geheimen Arbeitgeber telefoniert hatte, war ihm klar geworden, dass er keine andere Möglichkeit hatte, als unterzutauchen. Janez Z. wurde ihm als Kontaktmann genannt, der ihm die unglaubliche Summe von 50.000 Euro für sein Schweigen und sein Untertauchen übergeben würde. Nach Ablauf von zwei Monaten würde die Aktion über die Bühne sein und er konnte sich in der Zwischenzeit in Ruhe überlegen, wie er möglichst unbehelligt aus der Sache herauskommen würde.
Natürlich traute er weder seinem Auftraggeber noch diesem Janez Z. und hatte daher Vorsorge getroffen. Auf seinem Mailserver waren sämtliche Informationen gespeichert, die er bei seinen Nachforschungen angestellt hatte. Diese würden automatisch an die Polizei

weitergeleitet werden, wenn er sich nicht innerhalb zweier Tage einloggen würde, um den Vorgang zu verschieben oder abzubrechen. Weiters hatte er sich über einen Informanten aus der Unterwelt Wiens eine Pistole besorgt, die er nun unauffällig in seiner Jackentasche versteckte.

Ihn schauderte bei der Erinnerung, als er seinem dubiosen Arbeitgeber den Profi vorgespielt und ihn vor falschen Spielchen gewarnt hatte. Mit leiser Stimme hatte ihm dieser erklärt, dass er schon lange tot wäre, wenn sie das mit ihm vorgehabt hätten. Und Kroll wusste, dass es stimmte. So blieb ihm nichts anderes übrig, als hoch zu pokern. Und 50.000 Euro waren ein Risiko durchaus wert.

Janez Zajc parkte seinen Wagen am Rande des Parkplatzes und stieg aus. Er beobachtete, wie es ihm Kroll gleich tat. Gleichzeitig fiel ihm die Hand des Journalisten in der Jackentasche auf, in der sich offensichtlich eine Schusswaffe befand. Um ihn zu beruhigen, hob er beide Hände in die Höhe und rief ihm die Anweisung zu, die Tasche mit dem Geld aus seinem Fahrzeug zu holen und nachzusehen. Vorsichtig näherte sich Kroll dem fremden Wagen. Als Zajc weiter zurückwich, wagte er einen Blick in den Kofferraum. Im Inneren lag die geschlossene Sporttasche. Zajc deutete dem Journalisten, sie aus dem Auto zu holen. Kroll ließ den Zwischenmann nicht aus den Augen und nahm vorsichtig das Gepäck heraus. Seine Hände zitterten vor Neugierde und Aufregung. Bei dem Gedanken an das viele Geld verflog die Nervosität. Er kam sich nun wirklich wie ein Profi vor, als er mit der rechten Hand die Pistole griffbereit hielt und mit der linken den

Reißverschluss langsam öffnete. Er hatte alles im Griff. Sein Herz schien kurz stehen zu bleiben, als er die Bündel voller Scheine erblickte. Er wollte die Tasche gerade schließen und in Sicherheit bringen, als eine Rauchschwade aus der Tasche aufstieg und sein Blickfeld einnebelte.

Die kurze, fingierte Ablenkung reichte dem echten Profi Zajc vollkommen aus, um mit wenigen Schritten bei seinem Opfer zu sein. Gleichzeitig zog er ein Messer aus seiner Tasche und noch bevor der Journalist überhaupt reagieren konnte, packte er ihn von hinten und trennte ihm mit einem gezielten Schnitt die Kehle durch. Krolls Augen war anzusehen, dass er in keiner Weise registriert hatte, was plötzlich schief gelaufen war.

Janez hingegen handelte eiskalt und präzise. Er wuchtete den Körper des ehemaligen Journalisten in den Kofferraum, schnappte sich die Tasche, deren Inhalt nun seine Gage war und fuhr im gemächlichen Tempo unauffällig fort. In wenigen Minuten würde ein weiterer Trupp kommen und die Aufräumarbeiten erledigen. Die Blutspuren mussten entfernt und das Auto entsorgt werden. Es waren dieselben Profis, die den Computer Krolls gehackt und sämtliche Beweise, inklusive einer automatischen Weiterleitung von Daten an die Polizei, gelöscht hatten. Anhand der Aufzeichnungen war klar geworden, dass der Journalist nur wenig Ahnung davon gehabt hatte, wie brisant seine Informationen waren. Umso verständlicher schien Zajc der Auftrag, diesen Dilettanten auszuschalten, ehe er noch größeren Schaden anrichten konnte.

Die angeheuerten Männer hatten in der Folge noch Krolls Computer mit belastenden Daten manipuliert und eine kleine Menge Drogen in seiner Wohnung versteckt, um die Ermittlungen der Polizei in eine andere Richtung zu lenken. Alles in allem also ein perfekt geplanter Coup.
In wenigen Minuten würde er einen Lagebericht bekommen und seinem Arbeitgeber die erfolgreiche Mission durchgeben können. Das war auch nötig, um dessen Vertrauen wieder zurückzugewinnen. Nachdem er die Geschichte mit dem jungen Arzt doch ziemlich verpatzt hatte.

4.

Wolfgang Eisl ignorierte den Anruf seines Sohnes und steckte das vibrierende Handy zurück in seine Jackentasche.
Er saß im Foyer der Firma 'Wimmer Transporte' und wartete darauf, dass er aufgerufen werden würde.
Während er einen Folder des Speditionsunternehmens studierte, kam die Sekretärin und bat ihn lächelnd zu sich ins Büro.
„Wie kann ich Ihnen helfen?"
Obwohl es kurz vor Dienstschluss war, blieb ihre Mimik berufsbedingt freundlich, als sie ihm einen Stuhl vor dem Schreibtisch anbot.
„Ich bräuchte eine Information über den Zielpunkt eines Ihrer Umzugstransporter."
„Haben Sie irgendwelche Daten?"

„Das Datum ist der 10.05.2012. Die Dame, die umgezogen ist, heißt Gudrun Ranke. Aus der Schmiedingerstraße in Liefering, Salzburg."

Die Empfangsdame tippte die Daten in den PC ein. Sofort öffnete sich eine neue Maske auf ihrem Bildschirm. Neben den gewünschten Informationen stand in großen, roten Lettern ′Daten vertraulich! Dürfen nicht an Dritte weitergeleitet werden!′. Der Auftrag war von ihrem Chef höchstpersönlich angelegt worden. Ein solches Prozedere war durchaus üblich und wurde häufiger von Personen in Anspruch genommen, die einen hohen Wert auf ihre Privatsphäre legten.

Die Sekretärin wandte sich an Eisl, um ihm die Fakten zu übermitteln.

„Es tut mir leid, aber ich kann Ihnen in diesem Fall keine Informationen geben. Die Daten sind als geheim eingestuft worden. Sie können aber am Montag wieder kommen und die Sache mit meinem Chef besprechen. Der ist heute leider schon außer Haus." Die Sache war damit für sie erledigt und sie wollte bereits aufstehen und den Gast nach draußen begleiten, um sich verdientermaßen in den Feierabend zu begeben.

Doch dieser blieb hartnäckig sitzen.

„Entschuldigen Sie, Frau ..."

„Brunner."

„... Frau Brunner. Die Sache ist extrem wichtig für mich." Wolfgang Eisl hatte sich bereits vor dem Gespräch einige Strategien überlegt, da er schon damit gerechnet hatte, dass es nicht so einfach werden würde. Als Personalchef hatte er ein gutes Einfühlungsvermögen für Menschen. In diesem Fall würde er es mit der Liebe probieren.

„Wissen Sie, mir ist das Ganze ja durchaus peinlich.

Aber ich muss Gudrun unbedingt wieder sehen."
Eisl merkte, wie die Sekretärin bei der Nennung des Vornamens hellhörig wurde. Vielleicht witterte sie eine Romanze, hier in ihrem Büro. Es war einen Versuch wert.
„Wir haben uns auf einem Urlaub in Süditalien kennengelernt. Ich war sofort hin und weg. Sie hat mich regelrecht verzaubert. Das erste Mal seit dem Tod meiner Gattin vor zwölf Jahren habe ich wieder Gefühle für eine Frau empfunden."
Eisl hasste sich für diese Lüge. Er hatte das Gefühl, seine verstorbene Frau zu hintergehen. Aber gleichzeitig merkte er, dass er die volle Aufmerksamkeit von Frau Brunner hatte und fuhr daher fort.
„Ich habe sofort gespürt, dass Gudrun auch etwas für mich empfindet. Doch sie hat mir erzählt, dass sie vorsichtig geworden ist. Sie ist schon einige Male im Leben schwer enttäuscht worden. Und ich glaube, sie hatte einfach Angst davor, dass es wieder passiert."
Wolfgang Eisl machte eine kleine künstlerische Pause. Prompt erkundigte sich die Sekretärin, wie es mit den beiden weiterging. Ein paar Lügen noch, dann war er sich sicher, es geschafft zu haben.
„Wie das Leben so spielt, musste ich kurz nach dem Urlaub für drei Monate nach Ungarn. Wir haben anfangs viel telefoniert und auch Briefe geschrieben. Doch ich bekam Angst vor der neuen Beziehung. Versuchen Sie mich zu verstehen! Ich bin bald 64. Und ich war zwölf Jahre alleine. Plötzlich kommt eine Frau in mein Leben ..."
Frau Brunner nickte verständnisvoll.
„Ich habe mich jedenfalls immer mehr hinter der Arbeit verkrochen, keine Briefe geschrieben und zuletzt kaum mehr telefoniert. Eines Tages wollte ich Gudrun anrufen,

doch die Nummer war nicht mehr vergeben. Ich hielt es noch für ein Missverständnis. Doch auch meine Briefe blieben unbeantwortet. Seitdem suche ich sie. Weil ich glaube, den größten Fehler meines Lebens begangen zu haben. Und nun bin ich bei Ihnen."

Die Geschichte des Besuchers hatte ihre Wirkung bei Frau Brunner tatsächlich nicht verfehlt. Die 32-jährige Sekretärin sah den älteren Herren vor sich, der auf der Suche nach seiner neuen Liebe war und beschloss, ein bisschen Amor zu spielen und nachzuhelfen. Was sollte auch schon großartig passieren? Sie erhob sich und drückte Wolfgang Eisl ein Stück Papier in die Hand. Gleichzeitig blinzelte sie ihm verschwörerisch zu.
„Sie haben das nicht von mir!"
Eisl blickte auf die Notiz: Talgasse 44. 1150 Wien. Beinahe hätte er Frau Brunner an sich gedrückt. Stattdessen bedankte er sich höflich und verließ mit einem schlechten Gewissen, aber mit der Adresse in der Hand das Transportunternehmen.
Frau Brunner hingegen genoss die Situation und fühlte sich richtig gut. Beim Sekretärinnenstammtisch am heutigen Abend würde sie eine kleine Liebesgeschichte über zwei alte Leute erzählen können, bei der sie nicht unwesentlich beteiligt war.

5.

Hauptkommissar Wirthenstätter ordnete die Unterlagen und legte sie auf seinem Schreibtisch unter „oberste

Priorität" ab. Zuerst hatte er dem Fall 'Simon Eisl' keine besondere Beachtung geschenkt. Ein Verkehrsunfall ohne Personenschaden, wie es aussah, jedoch absichtlich herbeigeführt. Dennoch keine große Sache. Er hatte die Dorfpolizisten verdammt, die ihm durch das Einschalten der Spurensicherung diesen Fall untergejubelt hatten. Deswegen musste der Akt auch ganz unten anfangen, bevor er es auf den Stapel ganz nach oben schaffte.

Bei der ersten Zeugeneinvernahme Simon Eisls klangen dessen Verfolgungstheorien noch an den Haaren herbeigezogen und lächerlich. Die Spurensicherung konnte dem Ganzen aber seltsamerweise durchaus etwas abgewinnen und bestätigte die Möglichkeit eines absichtlich herbeigeführten Autounfalls. Der Akt war in Wirthenstätters Ablage bereits ein Fach nach oben gewandert.

Eisl hatte weiters von einer Injektion und einer mysteriösen zweiten Einstichstelle erzählt, die sich keiner erklären konnte. Ein Umstand, dem der Kommissar vorerst nicht viel Aufmerksamkeit geschenkt hatte.

Dann jedoch meldete sich ein Doktor Gruber aus der Klinik in Salzburg, der gleichzeitig der behandelnde Arzt Eisls war. Er schilderte Wirthenstätter seine Vermutungen und bestätigte wiederum die Theorien seines jungen Kollegen. Tatsächlich dürfte der zweite Nadeleinstich von einer dritten, unbekannten Person zugefügt worden sein. Gruber hatte zusätzlich Blutproben an ein Wiener Labor geschickt und nun waren die Ergebnisse eingelangt.

In Eisls Körper waren Spuren von Benzodiazepinen gefunden worden und eine genauere Analyse verwies auf ein Medikament, das in Europa und den westlichen

Staaten seit vielen Jahrzehnten nicht mehr auf dem Markt zu haben war, aber Anfang des neuen Jahrtausends in den Oststaaten noch als Beruhigungsmittel eingesetzt wurde. In höheren Dosen löste das Mittel jedoch immer wieder Gedächtnisstörungen aus und wurde daher schließlich auch im Osten vom Markt genommen. Das Medikament wurde zwar rasch im Körper abgebaut. Dennoch konnte eine nicht geringe Menge in den Blutproben Eisls nachgewiesen werden.

Der Akt wanderte wieder ein Fach nach oben. Und Wirthenstätter kam zu der Erkenntnis, dass er in Zukunft den Aussagen Eisls mehr Glauben schenken würde.

Endgültig nach ganz oben schaffte es der Fall aber durch den Anruf seines Kollegen Fenninger aus Obertrum, der Wirthenstätter in diesem Zusammenhang vom regen Interesse eines Schmierenjournalisten namens Joachim Kroll erzählte, den er auf seine Wachstube vorgeladen hatte. Kroll war nicht erschienen. Der Hauptkommissar hatte sofort bei dessen Arbeitgeber nachgeforscht. Doch dort war der Journalist nicht mehr aufgetaucht, obwohl er einen wichtigen Termin zur Abgabe eines Artikels hatte. Auch die Eltern, mit denen er regelmäßigen Kontakt pflegte, konnten ihren Sohn nicht erreichen.

Aufgrund der aktuellen Situation hatte Wirthenstätter Kroll daher gleich zur Fahndung ausschreiben lassen. Bis morgen würden sie warten und sich dann in seiner Wohnung umsehen.

Der Kommissar war bereits jetzt neugierig darauf, ob sich irgendwelche Zusammenhänge zwischen dem Anschlag auf Eisl und dem Verschwinden Krolls ergeben würden. Sein Gespür sagte eindeutig ja. Die ganze Sache versprach wirklich spannend zu werden.

6.

Clara Steger fühlte sich etwas fremd in ihrer Rolle, als sie Simon Eisl zu seinem Vater begleitete. Natürlich hatte sie schon Familientherapien durchgeführt. Doch dies war eine vollkommen andere Situation. Dennoch konnte sie ihrem Patienten den Wunsch nicht abschlagen.
Wolfgang Eisl begrüßte seinen Sohn herzlich und sie mit einer gewissen Distanz, ohne jedoch unfreundlich oder ablehnend zu wirken. Simon Eisl hatte das Beisein der Therapeutin bereits zuvor mit seinem Vater abgesprochen. Nachdem sie sich an den Tisch gesetzt hatten, versuchte er ihm möglichst genau die Ereignisse der letzten Tage zu schildern. Wolfgang Eisl hörte gespannt zu, als sein Sohn über die Ergebnisse der Spurensuche und die seines Freundes und Kollegen Doktor Gruber berichtete. Er stellte an den richtigen Stellen seine Fragen. Auch Clara Steger trug ihren Teil zum Gespräch bei und erklärte, wie sie auf die Reifenabdrücke gekommen war und welche Schlussfolgerungen sie daraus gezogen hatte. Der respektvolle Blick des Personalchefs entging ihr nicht.

Als die Geschichte auf den Bruder beziehungsweise Onkel fiel, machte sie das Angebot, den Raum zu verlassen, um die Intimsphäre der Familie zu wahren. Beide baten sie jedoch zu bleiben. Die Therapeutin spürte die Erleichterung von Vater und Sohn, die heikle Angelegenheit nicht alleine durchstehen zu müssen. Ihre Rolle schien darin zu bestehen, durch ihre Anwesenheit eine gewisse Objektivität wahren zu können und dadurch einen Teil des subjektiven Schreckens zu nehmen.

Nachdem Simon Eisl fertig erzählt hatte, schwieg sein Vater eine Weile, bevor er nachdenklich fortfuhr.
„In letzter Zeit passieren immer häufiger seltsame Dinge. Dein Unfall, die Sache mit der Babyklappe. Und nun die Geschichte mit Georg und Vater. Er hat mir nie von diesen Dokumenten erzählt. Ich nehme an, du hast die Kopien dabei?"
Simon Eisl öffnete seinen Aktenkoffer und gab seinem Vater die Papiere. Der studierte sie eingehend, bevor er sich wieder an seinen Sohn wandte.
„Keine Frage. Das ist eindeutig die Unterschrift meines Vaters. Und ich verstehe deinen Zorn, Simon. Doch vieles im Krieg damals war anders als heute. Leute wurden gezwungen, Dinge zu tun, die sie sonst niemals getan hätten."
Erstmals blickte Wolfgang Eisl direkt und hilfesuchend in Richtung der Therapeutin. Clara Steger nickte ihm aufmunternd zu, auch wenn sie das Gefühl hatte, die Plattitüden schon oft genug gehört zu haben, wenn es um die Rechtfertigung der Verbrechen in der Zeit der Naziregentschaft ging. Dennoch konnte sie es verstehen, wenn der Sohn versuchte, seinen Vater in Schutz zu nehmen.
Wolfgang Eisl, dem seine eigenen Worte fremd vorkamen, fuhr in der Erzählung seiner Erinnerungen fort.
„Dein Großvater redete nie gerne und viel von der damaligen Zeit. Alles, was ich weiß ist, dass er die ersten Jahre als Arzt an der Front eingesetzt wurde. Dort lernte er deine Großmutter kennen, die als Krankenschwester in seinem Regiment freiwillig ihren Dienst versah. Ein Jahr später kam Georg auf die Welt.
Um ihn nicht ohne Eltern aufwachsen zu lassen, ließen sich dein Großvater und deine Großmutter in das Kon-

zentrationslager von Dachau versetzen. Er sollte dort die Gefangenen medizinisch betreuen. 1943 heirateten die beiden und 1944 wurde schließlich ich geboren. Noch vor Ende des Krieges und der Befreiung des Konzentrationslagers durch die Alliierten im April 1945 verstarb meine Mutter an den Folgen einer unheilbaren Krankheit. Wahrscheinlich hatte sie sich bei der Pflege der Insassen angesteckt. Man fand die Ursache nie heraus.

Dennoch blieb mein Vater bis zuletzt im Lager und versorgte die Gefangenen soweit es ging mit den wenigen vorhandenen Medikamenten und mit seinen spärlichen medizinischen Möglichkeiten. Nebenbei kümmerte er sich auch noch um uns."

„Aber woher kommen diese Unterlagen aus dem Tresor meines Onkels und warum weißt du davon nichts?", unterbrach ihn Simon Eisl.

„Georg sah sich immer als älterer Bruder, der auf mich aufpassen musste", versuchte der Vater eine Erklärung. „Vielleicht wollte er mir diese Informationen ersparen. Ich glaube aber nicht, dass mein Vater an den Experimenten beteiligt war. Das geht auch aus den Unterlagen nicht hervor. Er hat nur den Tod der Patienten bestätigt, wenn ich es richtig herauslese?"

Sowohl Simon als auch Frau Steger nickten zustimmend.

„Nach dem Krieg wurden, wie bei jedem Lagerarzt, genaue Untersuchungen bezüglich seiner Tätigkeiten durchgeführt und er wurde schließlich durch ein amerikanisches Gericht freigesprochen. Danach begann er als Arzt auf dem Land zu praktizieren und eröffnete schließlich 1957 eine eigene Praxis. Den Rest kennst du ja."

Simon Eisl wirkte nachdenklich, schien aber vorerst nicht weiter nachbohren zu wollen. Die positiven Erinnerungen an seinen Großvater hatten einen leichten Makel bekommen. Er wusste jedoch auch, dass er in einer Generation aufgewachsen war, die den damaligen Krieg und die schwierigen Bedingungen und Entscheidungen, die getroffen werden mussten, immer weniger verstehen konnten.

Eine Frage blieb für ihn jedoch offen, die er seinem Vater unbedingt stellen musste.
„Der Code des Tresors lautete 250744. Der Geburtstag meiner Mutter, deiner Frau. Hast du eine Ahnung, warum gerade dieses Datum?"
Gespannt beobachtete Clara Steger, wie Wolfgang Eisl mit sich selbst rang, bevor er antwortete.
„Ich kann es nicht mit Gewissheit sagen, denn mein Bruder und ich haben nie offen darüber gesprochen."
Die Antwort lag bereits im Raum, noch bevor sie ausgesprochen wurde.
„Ich glaube, Georg hat Elisabeth von Anfang an geliebt. Und er hat nie aufgehört sie zu lieben."

7.

Die drei grauhaarigen Herren saßen am Konferenztisch und waren über die Videowall mit Janez Zajc verbunden. Im perfekten Deutsch schilderte er ihnen die Operation in Slowenien. Der Liquidationsauftrag von Kroll war erfolgreich erledigt, die Leiche des Journalisten im Ofen eines Bestattungsunternehmens in Mojstrana verbrannt und die Asche auf einer Mülldeponie in Jesenice entsorgt worden. Seinen Wagen ereilte ein ähnliches Schicksal. Nachdem er von den Profis vor Ort in seine Einzelteile zerlegt wurde, kamen diese auf verschiedene Autoentsorgungsbetriebe im Süden Sloweniens. Kroll war also vollkommen von der Bildfläche verschwunden.

Zajc berichtete weiters von der erfolgreichen Vereitelung der geplanten Datenweitervermittlung an die Polizei und die irreführenden Hinweise, die sie in der Wohnung Krolls hinterlassen hatten.

Die drei Herren nickten zufrieden und trennten die Verbindung, um zu den weiteren Tagespunkten zurückzukehren.

Der 68-jährige Sprecher der Versammlung übernahm das Wort.

„Mit Kroll sollten wir uns also nicht mehr beschäftigen müssen. Zajc ist ein echter Profi. Dennoch müssen wir ihn an die kurze Leine nehmen. Er scheint sonst den Fehler, den er bei Simon Eisl gemacht hat, zu schnell wieder zu vergessen."

„Apropos vergessen. Wie sieht es mit den Erinnerungen des jungen Eisl aus?" schaltete sich der 97-Jährige ein. Trotz seines hohen Alters wirkte er respekteinflößend und körperlich wie geistig gut in Form.

„Wir lassen ihn beobachten. Er arbeitet mit einer Psychotherapeutin zusammen. Clara Steger, 37 Jahre alt. Durchwegs gute Referenzen. Neulich ist sie gemeinsam mit Simon Eisl bei seinem Vater aufgetaucht. Was sie dort genau taten, konnten wir allerdings nicht in Erfahrung bringen. Dass der Unfall von außen verursacht war, wissen sie schon.

Meiner Meinung nach werden sie aber an diesem Punkt feststecken. Selbst wenn die Polizei das Auto finden sollte, mit dem Zajc Eisl abgedrängt hat, wird es sie nur zu einem ahnungslosen Schlosser führen, der nicht einmal weiß, das sein Auto in dieser Nacht im Einsatz war."

„Was würdest du also vorschlagen?" ergriff der mit 67 Jahren Jüngste das Wort.

„Wir werden ihn und seine Therapeutin weiterhin beobachten lassen. Wenn sie zu viel herausfinden, schalten wir Zajc noch einmal ein."

Nachdem der Beschluss von allen Dreien abgesegnet worden war, wandten sie sich dem nächsten Punkt zu.

„Wie sieht es mit den Sponsoren aus?" erkundigte sich der Vorsitzende beim Jüngsten.

„Der Kunde aus Genf ist leider verstorben. Er hat uns aber gut 1,4 Millionen Euro auf unserem Konto hinterlassen."

Die beiden Kollegen nickten zufrieden. Der Tod des Magnaten war absehbar gewesen. Klugerweise hatten sie ihn zuvor zu dieser großen Spende überreden können.

„Mit der Kundin aus Sewastopol sind wir derzeit noch in Verhandlung. Sie will für die Forschungen einen Betrag von 2,2 Millionen Euro zur Verfügung stellen. Wir sind von drei Millionen ausgegangen. Ich würde aber sagen, wir können uns in der Mitte einigen."

Nachdem auch dieser Vorschlag einstimmig angenommen wurde, löste sich die Versammlung der drei älteren Herren langsam auf.

Im Hinausgehen kam dem 97-Jährigen noch ein Gedanke.

„Und keine Kinder mehr aus der Klinik!" rief er den anderen Kollegen mit kräftiger Stimme hinterher.

8.

Schwester Nicola wickelte den Säugling mit der Nummer 786. Wie es die Vorschriften verlangten, sprach sie dabei kein Wort. Das Kleinkind machte es ihr auch leicht. Es schrie nicht, zappelte nicht und schien sich klaglos in sein Schicksal einzufügen.

Ganz anders als damals ihre Nummer 695, den sie im Geheimen Anton getauft hatte. Gegen alle Anweisungen hatte sie immer flüsternd mit ihm gesprochen und ihm leise Lieder vorgesummt. Sie war sooft wie möglich für ihn da gewesen, wenn er geschrien hatte. Und sie hatte geglaubt, sie könne ihn mit ihrer Zuneigung vielleicht retten.

Doch dann, als Anton drei geworden war, hatten die Tests angefangen. Zuerst hatte er Salben bekommen. Seine Haut hatte sich rot gefärbt und war trocken wie Sand geworden. Anfangs hatte er gebrüllt wie am Spieß, bis sie ihm Schmerzmittel gaben. Dann waren ihm Medikamente verabreicht worden. Der kleine Junge veränderte sich täglich und zeigte sich an dem einen Tag matt und kraftlos, am anderen wiederum völlig überdreht und scheinbar ohne Kontrolle seiner Bewegungen. Zuletzt jagten sie Spritzen in seinen winzigen Körper. Ohnmächtig war sie immer daneben gestanden und musste zusehen, wie der Kleine immer magerer und seine Haut von Tag zu Tag fahler wurde. Über ein Jahr zerriss ihr das Martyrium ihres kleinen Schützlings das Herz, bis er schließlich an der Überdosis einer Injektion verstarb.

Während der ganzen Zeit durfte sich Schwester Nicola nichts anmerken lassen, um nicht aufzufallen und zu riskieren, dass Anton aus ihrer Obhut entfernt wurde.

Zu Hause in den eigenen vier Wänden wurde sie dann aber schier wahnsinnig und dachte oft daran, ihrem Leben ein Ende zu setzen.

Am schlimmsten aber war es für sie, als die leblose Leiche ihres kleinen Anton in den Entsorgungsraum gebracht wurde. Wie ein Stück Vieh legten sie ihn auf eine stählerne Wanne und schoben seinen Körper in Verbrennungsofen, der aussah wie ein zu groß geratener Küchenherd. Nach nur wenigen Minuten hatte das Feuer seine Pflicht getan und von ihrem Schützling war so gut wie nichts übrig geblieben.

Was mit seinen Überresten passierte, konnte sie nicht mehr herausbekommen. Aber ab diesem Moment legte sich bei ihr ein Schalter um. Nie wieder kam ihr ein Mensch so nahe wie ihr kleiner Anton und sie verrichtete von dieser Zeit an ihren Job ohne jegliche Emotion.

Oder sie versuchte es zumindest. Denn die Ruhe von Nummer 786 mochte ihr die Arbeit leicht machen. Aber wenn er sie ansah, wusste sie, dass dieses Kind etwas Besonderes war.

9.

Wolfgang Eisl stellte den Sender des Autoradios leiser. Gleich am nächsten Tag des Besuches von Simon und seiner Therapeutin war er in sein Auto gestiegen, um sich auf die Suche nach Gudrun Ranke zu machen. Er hatte seinem Sohn nichts von dem Vorhaben erzählt, da er das Gefühl hatte, dass Simon im Moment genügend

Probleme hatte, um sich auch noch damit auseinanderzusetzen zu müssen.
Als er nun auf der Autobahn Richtung Wien entlang fuhr, hing er jedoch seinen eigenen Gedanken nach. Es war schlimm genug, was alles gerade so passierte. Aber am meisten beschäftigte ihn der Umstand, dass sein Bruder das Geburtsdatum seiner Frau als Code für seinen Safe benutzt hatte. Es bestätigte ihn in der Vermutung, die er all die Jahre mit sich herum getragen hatte: dass Elisabeth für Georg mehr gewesen war als nur die Frau seines Bruders.

Wolfgang Eisl hatte seine zukünftige Gattin 1969 bei einem Ball der Gewerkschaft kennengelernt. Sie war ihm auf der Tanzfläche sofort aufgefallen, doch hatte es fast den ganzen Abend gedauert, bis er den Mut fand, sie anzusprechen. Seine Schüchternheit entpuppte sich als völlig unnötig, denn Elisabeth plauderte in einer Leichtigkeit mit ihm, die er zuvor noch nicht erlebt hatte. Am Ende der Nacht beschlossen sie, sich wiederzusehen.
Sie ließen sich in der Folge beide Zeit. Aus dem Flirt wurde nach und nach eine Beziehung. Erst als Wolfgang Eisl das feste Gefühl hatte, sie halten zu können und nicht mehr loslassen zu müssen, stellte er sie seiner Familie vor. Elisabeth eroberte das Herz seines Vaters im Sturm und auch sein Bruder Georg, der in diesen Jahren wesentlich umtriebiger gewesen war als er und dem die Frauen reihenweise zu Füßen lagen, schien einen Narren an ihr gefressen zu haben. Mit seinem Humor brachte er sie zum Lachen und sie neckten sich, ohne jedoch die Grenze zu überschreiten. Als Georg dann im Krankenhaus als Arzt aufgenommen wurde

und Wolfgang fast zeitgleich in der Administration des Spitals anfing, veränderte sich damit auch die Beziehung zwischen den dreien. Sein Bruder verbrachte den größten Teil der Zeit mit seiner Arbeit und mit Fortbildungen. Er selbst forcierte das Leben zu zweit und kaufte auf Kredit zuerst eine Wohnung und später das Haus. 1973 heirateten sie und 1975 kam ihr Sohn Simon auf die Welt. Wolfgang Eisl war noch nie so glücklich gewesen wie in den nächsten Jahren.

Elisabeth war aber auch immer ein wichtiger Ankerpunkt für Georg geblieben. Sie hörte ihm genau zu, wenn er von seiner Arbeit sprach und ermunterte ihn immer wieder, abseits vom Job gemeinsame Dinge zu unternehmen, um ihn an die Wichtigkeit des gesellschaftlichen Lebens zu erinnern. Meist war Wolfgang Eisl dabei. Doch manchmal führte sie seinen Bruder auch alleine aus, nicht aber ohne es mit ihm vorher abgesprochen zu haben.

Zwanzig Jahre später war es dann Georg, der alles dafür tat, Elisabeth am Leben zu erhalten. Wolfgang konnte nur tatenlos zuschauen und hoffen. Doch nicht die Hoffnung, sondern Elisabeth starb zuletzt und hinterließ eine trauernde und ohnmächtige Familie, die Jahre brauchte, um sich aus dem tiefen Loch, das sie hinterlassen hatte, wieder herauszukämpfen. Wolfgang war es nie ganz gelungen. Aber auch Georgs Gesichtszüge veränderten sich heute noch ins Schmerzvolle, wenn die Rede auf Elisabeth kam.

Sein Bruder war immer der Stärkere gewesen. Dennoch hatte Wolfgang damals alles bekommen, von dem er je geträumt hatte. Eine Frau, die er liebte und die ihm einen Sohn gebar. Er wusste, dass Georg ihn darum beneidet hatte. Georg, der trotz seiner Affären immer alleine geblieben war. Und der vermutlich Jahre lang zusehen musste, wie Elisabeth und Wolfgang eine perfekte Ehe führten. Vielleicht mit der Frau, die er selbst liebte.

Eisl hatte das Gefühl, endlich mit seinem Bruder darüber reden zu müssen. Er fragte sich nur, wie er das anstellen sollte.

10.

Georg Eisl saß nachdenklich vorm Kamin und starrte ins Feuer. Mehrmals hatte er erfolglos versucht, seinen Neffen zu erreichen. Sonst hatte Simon immer sofort zurückgerufen. Dieses Mal war jedoch nicht einmal eine SMS zurückgekommen. Auch sein Bruder Wolfgang ging nicht ans Telefon. Für den Arzt war dieses Gefühl, nicht alles unter Kontrolle zu haben, ein unbefriedigendes, fast schmerzhaftes.

Er war die Möglichkeiten oft genug durchgegangen und immer wieder auf dasselbe zurückgekommen: Simon musste sich den Zugang zu seinem Tresor verschafft haben. Und realistischerweise musste er auch davon ausgehen, dass sein Neffe in Besitz von Kopien der Unterlagen war. Wie es aussah, hatte er bereits mit seinem Vater darüber gesprochen. Anders konnte er es sich nicht erklären, dass beide nicht auf seine Kontaktversuche reagierten.

Nun würde es schwierig werden, aus der ganzen Sache wieder herauszukommen. Er musste sich einen Plan machen, wie er Wolfgang und Simon die Existenz der Nazipapiere und sein Wissen darum erklären sollte. Dafür würde ihm schon eine passende Lösung einfallen. Viel pikanter schien ihm der Erklärungsversuch, warum er das Geburtsdatum von Elisabeth als Code verwendet hatte.

Georg Eisl verfluchte den verdammten Abend, an dem er Simon in die Sache einweihen wollte. Er hätte das Ganze wesentlich langsamer und vorsichtiger angehen sollen. Aber durch die überwältigenden Forschungsergebnisse war er wie in einem Rausch gewesen und hatte alles auf eine Karte gesetzt. Dadurch hatte er Fehler gemacht.
Durch Simons Amnesie schien alles wie von selbst erledigt gewesen zu sein. Doch nun waren Teile seiner Erinnerungen anscheinend wieder aufgetaucht. Wenn sein Neffe nun gänzlich zu seinem Gedächtnis zurückfinden sollte, waren die Unterlagen seines Großvaters ein Fliegendreck im Vergleich zu dem, was er in seinem Hirn noch ausgraben würde.
Sollte das passieren, konnte Georg Eisl nicht mehr für den Schutz seines Neffen garantieren. Der Bluthund aus Slowenien würde von der Leine genommen werden. Und dieses Mal würde Simon das nicht überleben.

11.

Pünktlich mit der Genehmigung des Gerichts stand Wirthenstätter mit seinen Kollegen der Spurensicherung vor der Wohnung des vermissten Joachim Kroll und klopfte an die Tür. Der Kommissar war verwundert darüber, in welch üblen Verhältnissen der Journalist wohnte, hätte er sich doch einen ganz anderen Lebensstil von diesem Schmierfink erwartet. Schon am Eingang des Gemeindebaus war aber fast so etwas wie Mitleid in ihm aufgekommen. Als er nun vor der dünnen Holztür stand, hätte er diese am liebsten, wie so oft im Fernsehen dargestellt, einfach eingetreten. Natürlich stand aber bereits der Schlüsseldienst zur Verfügung, der mit wenigen Handgriffen den Polizisten den Eintritt verschaffte. Die Kosten dafür würde wie üblich die Staatskasse übernehmen.

Im Vorraum erwarteten die Exekutivbeamten neben einem säuerlichen Geruch zwei Katzen, die sich miauend und erwartungsvoll um die Beine der Männer schmiegten. Wirthenstätter durchschritt die ca. 60m² große Wohnung um sich einen Überblick zu verschaffen. Er stellte fest, dass sie erstaunlich sauber war. Am Küchentisch stand eine offene Flasche Brandy und daneben ein Glas. Ansonsten wirkte das Ganze aber schon fast steril, als ob Kroll unter Reinigungszwang leide. Umso mehr verwunderte den Inspektor der stechende Geruch, der sich aber bald aufklärte, als ihn ein Kollege zur überquellenden Katzentoilette führte. Wirthenstätter gab der Spurensicherung die Anweisung, die Wohnung genau zu durchsuchen. Noch bevor sich die Experten ans Werk machten, war er jedoch sicher, dass Kroll verschwunden war.

Der Kommissar beobachtete, wie die Kollegen die Wohnung penibel auf den Kopf stellten. Ab und zu betrachtete er ein Fundstück genauer, doch fand sich

vorerst nichts Auffälliges. Nachdem die Spurensicherung ihren Teil erledigt hatte, übernahm ein Kollege der Hundestaffel mit Dragon, einem Deutschen Schäferhund, die Durchsuchung der Räumlichkeiten. Im Bad schlug Dragon schließlich an und zeigte mit heftigem Wedeln des Schwanzes und einem Blick zu seinem Hundeführer, dass hier etwas zu finden sei. Nacheinander hielt der Kollege seinem Hund Krolls Hygieneartikel unter die sensible Nase, bevor Wirthenstätter interessiert zusehen konnte, wie der Deutsche Schäferhund beim Geruch einer Shampooflasche schließlich in vollkommene Aufgeregtheit verfiel.
Der Staffelführer belohnte den Hund mit einem kleinen Leckerbissen und übergab dem Hauptkommissar die Flasche. Vorsichtig öffnete Wirthenstätter den Verschluss und entdeckte darin ein kleines, verschweißtes Päckchen. Es würde sich, dessen war er sich sicher, als Kokain herausstellen. Routinemäßig packte er es in einen Plastikbeutel für die Untersuchung im Labor.

Damit war die Wohnungsdurchsuchung fürs erste abgeschlossen. Kroll konnte in Zusammenhang mit Drogen gebracht werden, was eine weitere Ermittlung in diesem Milieu nahelegte. So oder so blieb er vorerst weiter verschwunden. Hinweise auf seinen Aufenthaltsort konnten nicht gefunden werden.
Wirthenstätter hätte sich nun bequem zurücklehnen können. Doch irgendwie hatte er das Gefühl, dass alles zu glatt gelaufen war. Krolls Wohnung war nicht die eines Drogensüchtigen. Und auch nicht die eines Hehlers. Es mochte schon sein, dass der Journalist sich nebenbei etwas dazuverdienen wollte. Aber warum sollte Kroll die Drogen derart professionell verstecken?

Er musste nicht mit einer Hausdurchsuchung rechnen. Als Journalist hätte er auch wenig zu befürchten. Der Bauch des Kommissars meldete sich wieder einmal zu Wort. Und er sagte ihm, dass Kroll etwas untergeschoben werden sollte. Hier waren Profis am Werk, die etwas verdecken wollten. Doch er, Hauptkommissar Wirthenstätter, war auch ein Profi. Als Nächstes würde er sich das Handy und den Computer Krolls vornehmen. Zuvor wollte er allerdings noch die Katzen füttern.

12.

Wolfgang Eisl stand unschlüssig vor der Wiener Adresse, zu der ihn die Sekretärin der Transportfirma geschickt hatte. Seine ehemalige Pflegeleiterin war sicher nicht umsonst Hals über Kopf geflüchtet. Er hatte ein ungutes Gefühl, sich so in ihr Leben einzumischen. In diesem Moment ging die hohe Haupteingangstüre auf. Ein Bewohner des Mietshauses grüßte unfreundlich und schob sich an ihm vorbei. Eisl nutzte die Möglichkeit, grüßte zurück und zwängte sich durch den langsam enger werdenden Türspalt hindurch ins Treppenhaus. Seine Augen mussten sich zuerst an das schummrige Licht in dem alten Gebäude gewöhnen, bevor er versuchte, sich Orientierung zu verschaffen. Die hohen Decken und riesigen Wände waren typisch für Wien. Aber jetzt wirkten sie auf ihn irgendwie mächtig und unheimlich. Eisl setzte sich die Lesebrille auf und studierte nochmals den Handzettel, den ihm die Empfangsdame überreicht hatte. Talgasse 44. Die

Hausnummer war richtig. Zweiter Stock, erste Tür rechts. Eisl begann den Aufstieg der Treppen und der Weg nach oben kam ihm übernatürlich lang vor. Schließlich blieb er vor der beschriebenen Türe stehen. Er zögerte noch kurz und bediente schließlich die Glocke.

In der Wohnung wurde der Fernsehapparat leise gestellt. Doch schien sich ansonsten nichts zu rühren. Eisl betätigte erneut die Klingel und horchte in die Stille. Dann hörte er vorsichtige Schritte hinter der Türe. Er wollte die Glocke nicht überstrapazieren und klopfte daher nochmals sachte am Türblatt. Ein leichtes Kratzen ließ ihn vermuten, dass die Person dahinter den Spion betätigte. Wieder passierte längere Zeit nichts und Eisl versuchte es mit einem zarten „Frau Ranke. Ich bin es. Wolfgang Eisl."
Statt einer Antwort öffnete sich die Tür einen Spalt weit. Die Augen, die ihm entgegen blickten, schienen in den wenigen Tagen um Jahre gealtert. Aber es waren zweifelsohne die seiner ehemaligen Pflegedienstleiterin.

13.

Erneut läutete das Handy von Simon Eisl und es erschien die Nummer seines Onkels am Display. Wieder beschloss er, den Anruf zu ignorieren. Etwas später würde er ihm eine SMS schreiben. Doch zu einem Treffen, auf den der Anruf wohl hinaus laufen würde, wollte er unbedingt seinen Vater dabei haben. Der befand sich aber gerade in Wien.

Der junge Arzt betrat die nun schon vertraute Praxis seiner Therapeutin und setzte sich im Wartebereich auf einen bequemen Ohrensessel. Kurz darauf trat Clara Steger mit einem ihrer Patienten aus dem Behandlungszimmer. Nicht unschwer konnte Eisl den jungen Fußballer ausmachen, der noch letzte Saison mit einigen Prachtschüssen auf sich aufmerksam machen konnte, der aber in diesem Jahr noch vollkommen hinter seinen Erwartungen geblieben war.
Steger blickte Eisl verschwörerisch zu und verabschiedete den Sportler, bevor sie sich ihm zuwandte.
„Schalten Sie am Sonntag Ihren Fernseher ein und Sie werden wieder einmal ein schönes Tor sehen", gab sie sich siegessicher. „Aber kommen Sie nur herein in die gute Stube."
Eisl folgte seiner Therapeutin und ließ sich auf einem nicht minder bequemen Sofa nieder.
„Sie wissen, warum Sie heute hier sind?" eröffnete Steger das Gespräch und kam damit gleich auf den Punkt.
„Sie wollen mich meines freien Willens berauben, in meinem Gedächtnis herumkramen und mich zwischendurch bellen lassen."
„So in etwa habe ich mir die Hypnose vorgestellt", grinste die Therapeutin. „Aber im Ernst. Mit Ihrem Einverständnis werde ich heute versuchen, Ihren Träumen etwas Gestalt zu verleihen."
Eisl fühlte sich nicht sehr wohl bei der Sache. Er wusste aber auch von seinen eigenen Patienten, dass die Hypnose ein durchaus wirksames Mittel sein konnte. Auf Anweisung seiner Therapeutin legte er sich daher

auf das Sofa nieder und versuchte sich vorab schon etwas zu entspannen. Er konzentrierte sich auf die leisen Klänge der Musik im Hintergrund und fühlte alsbald eine leichte Müdigkeit in sich aufsteigen. Dr. Steger benutzte nun das klassische Pendel und redete mit sanfter Stimme auf ihn ein. Das Bewusstsein sträubte sich noch kurz gegen die willentliche Beeinflussung von außen, ehe er in den hypnotischen Zustand verfiel.

Eisl riss die Augen auf und starrte verwirrt in das verschwommene Gesicht seiner Therapeutin. Sein Herz schlug heftig und sein Puls raste. Ein Schweißtropfen bewegte sich gleichförmig über seine Wange und rann in seinen Nacken. Nur langsam nahmen die Konturen Stegers Formen an und als er schließlich klar sehen konnte, blickte er in das entsetzte Gesicht seiner Therapeutin, die kurzfristig die Fassung verloren hatte. Professionell kämpfte sie aber ihre Gefühle nieder und gewann die Kontrolle über ihren Ausdruck zurück.
Sie half Eisl in eine sitzende Stellung und nahm selbst neben ihm auf der Couch Platz. Dann legte sie ihre Hand sanft auf seinen Arm und blickte in das fragende Gesicht ihres Patienten.
„Es tut mir leid, dass ich Sie nicht sanfter geweckt habe", versuchte Steger eine Erklärung, „aber ich musste die Hypnose vorzeitig abbrechen. Sie wären mir beinahe weggeglitten."
„Was ist passiert?" Eisl war überrascht seine Therapeutin so sensibel, fast zerbrechlich zu erleben.
Steger rang nach Worten.
„Ich muss fast hoffen, dass Sie verrückt geworden sind. Denn wenn nur ein Teil Ihrer Erinnerungen

Wirklichkeit sein sollten, dann sind Ihre Alpträume in der Realität angekommen."
Wieder stand auf Eisls Gesicht ein großes Fragezeichen.

14.

Frau Ranke zog die zwei Teebeutel nochmals durch das heiße Wasser, bevor sie sie im Mülleimer entsorgte. Dann stellte sie die Tassen auf den kahlen Tisch.
„Etwas Rum in den Tee?"
Ihr ehemaliger Chef schüttelte verneinend den Kopf, was Gudrun Ranke nicht davon abhielt, sich selbst einen ordentlichen Schluck des Hochprozentigen einzufüllen.
„Ich habe Angst vor diesem Tag gehabt, Wolfgang", begann sie. „Aber jetzt, wo du hier bist, bin ich fast etwas erleichtert."
„Wie geht es dir?"
Eisl entfuhr die Floskel und im selben Moment war sie ihm unangenehm. Die Antwort ergab sich von selbst, wenn man sich die frühere Pflegeleiterin ansah. Beim Eintreten hatte er sich bereits etwas in der Wohnung umgesehen. Es wirkte, als sei Gudrun Ranke heute eingezogen, oder als sei sie kurz vor dem Auszug. Die Umzugskartons standen ungeöffnet in den Zimmern. Nirgends waren dekorative Elemente zu entdecken. Keine Bilder, keine Kerzen, keine Decken. Nichts.
Ranke nippte an ihrem heißen Tee und spürte den Rum angenehm in seiner Nachwirkung.
„Darauf erwartest du wohl keine vernünftige Antwort?"
Wolfgang Eisl zuckte entschuldigend mit den Schultern.

„Ich kenne dich nun seit fast zwanzig Jahren, Gudrun. Und plötzlich bist du weg. Ohne ein Wort des Abschieds. Alles, was ich bekommen habe, ist ein Brief. Am Computer geschrieben. Nüchtern und sachlich stellst du darin deine Kündigungsgründe dar und verzichtest auf alle Ansprüche."
Jetzt war es an der ehemaligen Pflegeleiterin, mit den Schultern zu zucken.
„Burnout. Depression. Antriebslosigkeit. Und das soll ich dir glauben?"
„Du kannst gerne ein ärztliches Attest haben", erwiderte Gudrun Ranke kraftlos.
„Das bekomme ich beim Hausarzt um die Ecke", entgegnete Eisl verbittert. „Aber bitte, entschuldige meinen Ärger. Ich bin nicht gekommen, um den Richter über dich zu spielen. Und auch nicht, um dich zurückzuholen, wenn du nicht willst."
„Warum dann, Wolfgang? Ich weiß nicht, wie du zu meiner Adresse gekommen bist. Ich kann mir vorstellen, dass dies nicht einfach war. Ich würde gerne glauben, dass ich dir soviel wert bin, dass du dies alles auf dich nimmst. Aber das ist nicht der Grund. Nicht wahr?"
Eisl zögerte kurz, bevor er antwortete.
„Du kennst mich gut genug, Gudrun. Und deshalb will ich dir nichts vormachen. Vielleicht habe ich mich in etwas verrannt. Doch durch einige Recherchen bin ich immer mehr zur Überzeugung gekommen, dass in unserem Spital mit der Babyklappe etwas nicht stimmt."
Eisl entging das Glitzern in Gudrun Rankes Augen nicht.
„Worauf willst du hinaus?"
„In den letzten fünf Jahren soll genau ein Baby bei uns abgegeben worden sein. Eine Zahl, die ich einfach nicht nachvollziehen kann. In keiner vergleichbaren

Stadt ist eine derartig niedrige Quote zu finden. Daraufhin habe ich die kompletten Computerprotokolle studiert, um die Anzahl der ausgelösten Fehlalarme herauszufiltern. Und dabei bin ich auf zwei Dinge gestoßen."
Die Pflegeleiterin schien in sich zusammenzusacken. Durch ein Nicken forderte sie Eisl jedoch zum Weiterreden auf.
„Wenn wir alle Fehlalarme hernehmen und zur Statistik der abgegebenen Babys hinzufügen würden, kämen wir in etwa auf den durchschnittlichen Wert der anderen Städte."
Der Personalleiter schluckte laut, bevor er fortfuhr.
„Was mir aber viel mehr Gedanken macht, ist dies, Gudrun: Über die Jahre hinweg ist es keinem aufgefallen. Aber bei jedem angeblich falschen Alarm hattest du Dienst. Und jetzt frage ich dich, ob du mir dazu etwas sagen möchtest?"
Frau Ranke löste den Verschluss von der Rumflasche und schenkte sich und Wolfgang Eisl einen großen Schluck ein. Dann begann sie zu erzählen.

15.

Clara Steger hatte sich zurück auf ihren Stuhl gesetzt und blickte nun gefasst in Eisls Augen.
„Während der Hypnose habe ich versucht, Sie zu den letzten Stunden vor Ihrem Unfall hinzuführen. Zuerst begann alles harmlos. Sie standen nach Ihren Erzählungen vor einer Art riesigem Bauernhaus."

Eisl sah sie fragend an.

„Fragen Sie mich nicht, wie Sie dort hingekommen sind. Das müssten wir mit einer weiteren Hypnose klären."

Dem jungen Arzt wurde übel beim Gedanken an eine zweite Sitzung.

„Die Idylle hat sich jedenfalls schnell aufgelöst. In der nächsten Situation befinden Sie sich in einem großen Keller. Ich nehme an, dass es der Keller desselben Bauernhofes ist. Und hier beginnen die schrecklichen Vorstellungen, die Ihre Alpträume widerspiegeln.

In ihrem Trancezustand haben Sie von einer Art Verlies gesprochen. Nicht im Sinne eines Kerkers wie im Mittelalter. Vielmehr modern und steril."

Eisl horchte fassungslos zu. Die Beschreibung schien sich mit den Bildern seiner Träume zu decken.

„In den Verliesen waren Kinder eingeschlossen", fuhr die Therapeutin fort und ein kalter Schauer rann ihr über den Rücken.

„Kinder jeden Alters. Babys, Kleinkinder, fast jugendliche Kinder. Alle hatten eines gemeinsam: sie waren nackt. Bis auf eine Art Armband an ihren Handgelenken. Teilweise waren sie entstellt. Einige hatten nach Ihrer Aussage Rötungen am ganzen Körper, ein anderes entzündete Augen. Das letzte, was Sie erzählen konnten, war der Anblick eines kleinen Jungen. Sie schätzten ihn auf etwa fünf, sechs Jahre. Er lag auf einem Krankenhausbett. Angeschlossen an medizinischen Apparaten. Er hatte keine Haare mehr und sein Körper war vollkommen ausgemergelt."

Simon Eisl griff sich ob der Erzählungen mit beiden Händen an die Ohren. Er wollte nichts mehr hören von all diesen Bildern, die seine Therapeutin vor ihm ausbreitete.

„Ihr Puls und Ihr Herzschlag haben sich zu diesem Zeitpunkt derart erhöht, dass ich es nicht weiter verantworten konnte, mit der Hypnose fortzufahren. In dem Moment habe ich Sie aus der Trance zurückgeholt."
Nachdem Steger ihre Ausführungen beendet hatte, blickte Eisl sie Hilfe suchend an.
„Woher kommen diese Bilder in meinem Kopf? Werde ich tatsächlich verrückt?"
Die Therapeutin wählte die Worte bedachtsam.
„Normalerweise würde ich nun beginnen, in ihrer Kindheit nach schlimmen Erlebnissen zu suchen. Und versuchen, ihre Träume dadurch zu erklären. Die Bilder, die Sie mir während der Hypnose geliefert haben, waren jedoch so dermaßen klar, dass ich nicht ausschließen kann, dass Sie sie wirklich in dieser oder ähnlicher Form erlebt haben.
Hinzu kommt, dass Sie dann noch am selben Tag den Unfall hatten. Selbst die Polizei hat Ihnen schon bestätigt, dass dieser unter Fremdeinwirkung geschehen ist. Weiters findet Ihr Freund, Dr. Gruber, eine mysteriöse Substanz in Ihrem Körper, die Gedächtnisverlust auslöst."
Clara Steger konnte selbst kaum glauben, was sie als nächstes sagte.
„Vielleicht gibt es diesen Bauernhof wirklich?" Sie zögerte kurz. „Und ich bin mir nicht sicher, ob ich das wirklich wissen möchte."

16.

Schwester Nicola und einige ihrer Kolleginnen bereiteten das Essen für die Kinder zu. Sie war für die Fläschchen mit Milch zuständig, während die anderen Brei für die Kleinkinder und eine Art hochkonzentrierten, mit Nährstoffen angereicherten Schleim für die etwas älteren Kinder anmischten. Jeden Tag die gleiche Prozedur, jeden Tag die gleiche Nahrung. So etwas wie Abwechslung gab es für die Kinder nicht.
Die Pflegerin musste mit ihrem Tablett an das Ende des Ganges zur sogenannten Säuglingsstation gehen. Eigentlich hatte sie es sogar noch ganz gut getroffen. In ihrem Bereich hatten die Babys zum letzten Mal so etwas wie Fürsorge und ihnen stand zumindest ein Bett zur Verfügung, bevor sie auf die darauf folgenden Stationen verteilt wurden.
Auf ihrem Weg durch den Gang betrachtete sie mitleidig die anderen Kinder, die hinter gepolsterten Türen wie Tiere gehalten wurden. Natürlich war alles klinisch sauber gehalten. Die Decken, auf denen die Kleinen lagen, wurden jeden Tag gereinigt. Der Kot und der Urin wurden sofort aus den Zellen entfernt, sobald etwas ausgeschieden wurde. Und die Reinigung der geschundenen Körper stellte oberste Priorität dar, wenn auch oft mit teils heftiger Gegenwehr der Kinder gerechnet werden musste.
Die Essenszeiten waren die einzigen Momente, an denen regelmäßig Stille im Keller einkehrte. Das war nicht immer so gewesen. Schwester Nikola konnte sich noch an Zeiten erinnern, als man den Kleinen das Essen einfach auf Tellern unter der Türe durchschob. Einige Kinder warfen mit dem Essen in der Zelle

herum, andere verweigerten die Nahrungsaufnahme so lange, bis sie künstlich ernährt werden mussten. Erst mit der persönlichen Fütterung durch die Pflegerinnen und Pfleger konnte das Problem einigermaßen gelöst werden. Die Kleinen schienen selbst diesen kurzen Moment der Aufmerksamkeit und Zuneigung zu genießen.
Schwester Nikola stellte die sieben handwarmen Fläschchen auf einen Tisch und hob das erste Kind aus der Wiege. Nach und nach fütterte sie auch die anderen Babys. Bis sie zu Nummer 786 kam. Vorsichtig nahm sie den Knaben in ihre Arme. Nachdem er gierig sein Fläschchen ausgetrunken hatte, strich sie ihm liebevoll übers Gesicht. Ängstlich erkannte Schwester Nikola, dass sie denselben Fehler beging wie vor vielen Jahren mit Anton. Dennoch begann sie leise zu singen und wiegte 786 sanft in den Schlaf.

17.

„Neun Kinder waren es in meiner Zeit als Pflegeleiterin", begann Gudrun Ranke. Sie wirkte beinahe erleichtert, es ausgesprochen zu haben, nachdem sie es jahrelang mit sich herumgetragen hatte, ohne mit jemandem darüber reden zu können. „Damit kannst du deine Statistik wieder aufbessern."
Es gelang ihr sogar, ein kleines Lächeln über ihre Lippen zu bringen. Eisl unterbrach sie nicht und hörte seiner ehemaligen Angestellten nun ruhig zu.
„Eines Tages, nach dem Tod meines Mannes, bekam

ich Besuch. Die Leute stellten sich nicht mit Namen vor. Aber sie erklärten mir, sie kämen im Auftrag einiger sehr mächtiger und reicher Personen aus dem Ausland. Ehepaare, die selbst keine Kinder bekommen konnten. Durch die direkte Übernahme der unerwünschten Kinder aus der Babyklappe wäre es ihnen möglich, die aufwändigen Adoptionsverfahren in ihrem Land zu umgehen und könnten die Kleinen im Idealfall sogar als ihre eigenen Kinder ausgeben.
Anfangs wollte ich davon nichts wissen. Bei einem zweiten Besuch boten mir die Männer dann aber 15.000 Euro für jedes Baby an."
Wolfgang Eisl wandte angewidert das Gesicht ab.
„Du denkst jetzt natürlich, ich hätte es des Geldes wegen getan. Aber das stimmt nicht, Wolfgang. Einerseits konnte ich diese Leute gut verstehen. Wie du weißt, habe ich selbst auch keine Kinder. Obwohl ich mir damals immer welche gewünscht habe. Andererseits dachte ich mir, Ihnen würde es bei diesen wohlhabenden Menschen gut gehen.
Das Geld, das sofort nach Übergabe des Babys auf einem eigenen Konto landete, habe ich sofort weitergespendet. Anonym. Du kannst das gerne überprüfen."
Eisl blickte Gudrun Ranke in die Augen und wusste, dass sie die Wahrheit sagte.
„Ich habe mir eingeredet, etwas Gutes zu tun, Wolfgang. Ich hoffe noch immer, dass es den Kleinen in ihrem neuen Zuhause gut geht."
„Und wieso bist du jetzt in Wien und hast nicht einfach weitergemacht?"
„Irgendetwas ist schief gelaufen und ich wurde hierher zwangsverfrachtet. Wir haben es wohl mit mächtigen Leuten zu tun, die nicht lange fackeln. Wahrscheinlich

hast du mit deinen Recherchen in ein Wespennest gestochen."
Eisl dachte nach, bevor er antwortete.
„Deine Geschichte klingt schier unglaublich. Aber ich kenne dich zu lange, um mir einzureden, dass du mir irgendwelche Märchen erzählst. Was soll ich aber nun tun, Gudrun? Ich kann das Ganze nicht einfach so stehen lassen und nichts machen?"
„Ich bitte dich um einen Tag Bedenkzeit, Wolfgang", erwiderte die ehemalige Stationsleiterin. „Gib mir deine Telefonnummer. Ich werde mich dann morgen bei dir melden."
Eisl, der ein Stück seines Vertrauens in Schwester Ranke zurück gewonnen hatte, gab ihr seine Telefonnummer und wollte ihr die Zeit geben. Diese würde er auch selbst nützen können, um die Situation zu überdenken und zu analysieren.
„Und wenn ich mich der Polizei stelle", fuhr Gudrun Ranke fort, „kannst du mir vielleicht zur Seite stehen und ein gutes Wort für mich einlegen. Ich habe sonst keinen Menschen mehr ..."
Einem Impuls folgend umarmte Eisl seine ehemalige Angestellte und versprach ihr, diesen Wunsch zu erfüllen. Dann wandte er sich ab und verließ die Wohnung, die hohen Räume und das Treppenhaus und war erleichtert, als er aus der Tür trat, und atmete die frische Luft in tiefen Zügen ein.

Der Personalleiter stieg in seinen SUV und sah im Rückspiegel nochmals auf das Mietshaus von Gudrun Ranke, bevor er um die Ecke bog. Eine viertel Stunde später hatte er Wien hinter sich gelassen und fuhr wieder in Richtung Salzburg. In dem Moment, als er

Pressbaum passierte, verschafften sich zwei Männer mit einem Ersatzschlüssel Eintritt in das Haus in der Talgasse 44 und gingen zielstrebig auf den zweiten Stock zu.

18.

Simon Eisl hatte bereits mit seinem Vater über dessen Freisprecheinrichtung im Auto telefoniert und sich die seltsame Geschichte Gudrun Rankes angehört. Nicht minder unglaublich waren auch seine Schilderungen über die Ergebnisse der Hypnose gewesen. Beide hatten daher beschlossen, sich am Abend des folgenden Tages zu treffen und nach dem Austausch der aktuellen Neuigkeiten Georg Eisl einen Besuch abzustatten.
Der junge Arzt wollte die Zeit bis dahin nicht ungenutzt verstreichen lassen und fuhr mit den Kopien der Unterlagen seines Onkels in das Salzburger Landesarchiv. Er wollte mehr über die Rolle seines Großvaters im Konzentrationslager Dachau herausfinden.
Ein freundlicher, älterer Herr stellte sich ihm als Archivar vor und bot seine Hilfe an, nachdem ihm Eisl sein Anliegen vorgetragen hatte. Zusammen betraten sie einen modern eingerichteten Raum, in dem mehrere Computer und Monitore standen.
„Die Zeiten haben sich geändert", erklärte der Landesbedienstete, dem der erstaunte Blick Eisls nicht entgangen war, lächelnd. „Wir Beamte schlurfen nicht mehr durch riesige Hallen verstaubten Papiers, Bücher und Akten. Alles ist gescannt, digitalisiert und auf

Festplatte gespeichert. Darf ich mir Ihre Unterlagen kurz ansehen?"
Eisl überreichte dem Archivar die Kopien der Dokumente und setzte sich auf den ihm angebotenen Platz vor einem Monitor.
Der junge Arzt betrachtete den Beamten. Ihm fiel sein Namensschild ins Auge. Joel Blumenfeld. Zu Recht ging Eisl davon aus, dass es sich um einen jüdischen Namen handelte. Genauso wie sein eigener Vorname auf einen jüdischen Ursprung zurückzuführen ist. Simon wurde von 'Simeon' abgeleitet, was im Neuen Testament der ursprüngliche Name des Apostels Petrus war. Im zweiten Namen hieß er Wolfgang, wie sein Vater. So weit er sich erinnern konnte, hatte Großvater der Namenswahl seines Enkels zugestimmt. Ein Nazi hätte das wohl kaum zugelassen.

Inzwischen hatte sich die Miene des Landesbeamten verfinstert.
„Ich arbeite nun fast schon mein ganzes Leben hier im Archiv. Und doch macht es mich immer wieder fassungslos, welch grauenhafte Taten diese Verbrecher im Dritten Reich begangen haben!"
Eisl konnte Blumfeld nur zustimmen.
„Mir sind diese Unterlagen erst kürzlich in die Hände gefallen. Und deshalb wollte ich nun wissen, ob mein Großvater etwas damit zu tun hat."
„Es kommen nicht mehr viele Menschen zu mir, um sich nach der Historie ihrer Verwandten zu erkundigen", erwiderte Blumenfeld. „Der zweite Weltkrieg scheint bereits zu weit weg zu sein und taugt anscheinend nur noch für Geschichtsbücher und Filme. Ich werde aber sehen, was ich machen kann."

Der ältliche Archivar bediente erstaunlich flink die Tastatur und flog regelrecht von Maske zu Maske. Nebenbei fand er noch Worte für den jungen Arzt.
„Mir fällt es schwer, wertfrei und neutral über die damaligen Dinge zu sprechen. Mein Großvater ist im Konzentrationslager Dachau ums Leben gekommen. In demselben Konzentrationslager, in dem Ihr Großvater tätig war. Auch wenn ich soweit keine Hinweise finden kann, dass er sich unter den führenden Ärzten befand, die diese schrecklichen Versuche geleitet haben, so kann ich auch nichts Auffälliges finden, dass Ihr Großvater sich in irgendeiner besonderen Form für die Häftlinge eingesetzt hätte. Wie es scheint, war er Dr. Hauser unterstellt. Augenzeugenberichten zufolge ein skrupelloser Arzt, der die Konzentrationslager schamlos für seine medizinischen Versuchszwecke ausnutzte und hunderte Menschen auf dem Gewissen hat. Kurz vor Kriegsende tauchte er unter und konnte niemals wieder gefunden werden. Noch heute macht es mich fassungslos, dass diese Bestien niemals zur Rechenschaft gezogen werden konnten."
Eisl bedrückten die emotionalen und offenen Worte des Archivars. Fast hatte er das Gefühl, sich für seinen Großvater rechtfertigen zu müssen.
„Mein Opa wurde in den Kriegsverbrecherprozessen freigesprochen ..."
„... was nicht heißt, dass er unschuldig war", unterbrach ihn Blumenfeld. „Aber entschuldigen Sie meine Indiskretion. Es steht mir nicht zu, mir ein Urteil über Ihren Großvater anzumaßen!"
Eisl hatte durchaus Verständnis für den Archivar und konnte dessen Wut in gewissem Sinne nachvollziehen. Doch bis jetzt hatte er noch nichts Neues gehört, was

ihn irgendwie weitergeführt hätte. Deswegen bat er Blumenfeld die Nachforschungen noch etwas zu intensivieren.
Wieder tippte der Archivar einige Begriffe in die Maske ein. Dann fand er das, was er gesucht hatte.
„Viel kann ich Ihnen nicht bieten. Hier habe ich das einzige Foto, das ich entdeckt habe. Es zeigt Ihren Großvater zusammen mit Dr. Hauser."
Eisl betrachtete das Foto der zwei Ärzte, die lachend vor einer Baracke standen. Das Grauen dahinter konnte man nur vermuten. Unter dem Bild standen die Namen der beiden Mediziner und die Jahreszahl 1943. Untertitelt war es mit den Worten 'Dr. Hauser und Dr. Eisl im Höhenflug'. Simon Eisl rann beim Gedanken an den Zynismus im Zusammenhang mit den Höhenflugexperimenten ein kalter Schauer über den Rücken.
„Weiters habe ich hier noch eine Liste der Versuchsopfer", fuhr der Beamte fort, „die die sogenannten medizinischen Untersuchungen überlebt haben. Vielleicht hilft Ihnen das weiter."
Eisl nahm den Ausdruck, auf dem sich etwa 120 Namen befanden, entgegen und bedankte sich bei Blumenfeld. Dieser verabschiedete sich höflich und äußerte noch eine Bitte.
„Vielleicht können Sie unserem Archiv die Originaldokumente ihres Großvaters zur Verfügung stellen, wenn Sie mit Ihren Nachforschungen fertig sind. Die Nachwelt sollte ein Anrecht auf jede verfügbare Information haben."
Eisl versprach, sein Möglichstes zu tun, da sich die Papiere ja in der Obhut seines Onkels befanden.
Dann fuhr er nach Hause, um herauszufinden, ob jemand der 120 Opfer der damaligen Zeit noch am Leben war.

19.

Hauptkommissar Wirthenstätter stellte wieder einmal fest, dass er sich auf seinen Bauch verlassen konnte.
Die Kollegen hatten auf seine Anweisung hin den Computer und das Handy des Journalisten Kroll gründlich untersucht. Sie hatten festgestellt, dass erst kürzlich Manipulationen daran vorgenommen worden waren. Noch konnten sie nichts Genaueres darüber sagen. Aber sie waren gerade dabei, die gelöschten Dateien wiederherzustellen. Dies würde wohl noch ein paar Tage dauern, da es das Werk von echten Profis war. Die Kollegen zeigten sich aber zuversichtlich, was den Erfolg der Suche anbelangte.
Wirthenstätter war schon gespannt, welche brisanten Informationen Kroll zu verbergen hatte. Sein Gefühl sagte ihm, dass er einer großen Sache auf der Spur war.
Zufrieden schenkte er sich eine Tasse Tee ein und lehnte sich in seinem Bürosessel zurück.
Spannend war auch das plötzliche Abtauchen des Journalisten. Die Fahndung lief nun auf Hochtouren, da sich dieser weder bei seinen Eltern, noch bei der Zeitung gemeldet hatte und weiterhin spurlos verschwunden blieb. Irgendwie hatte der Kommissar das Gefühl, dass Kroll nicht mehr auftauchen würde. Die Profis, mit denen sie es anscheinend zu tun hatten, konnten mehr als nur einfache Dateien verschwinden lassen.

20.

Georg Eisl hatte sich gut vorbereitet. Freundlich begrüßte er seinen Bruder und seinen Neffen an der Tür und bat sie ins Haus. Beide lehnten den obligatorischen Schluck Wein ab und wirkten etwas verkrampft. Doch damit hatte Georg Eisl gerechnet.
Nachdem sie ihre Mäntel abgelegt hatten, führte er sie in die Küche und bat sie, Platz zu nehmen.
„Was ist los mit euch beiden? Ihr seht aus, als wäre euch etwas über die Leber gelaufen?"
Simon Eisl blickte seinen Vater an, der ihm deutete, anzufangen.
„Du wirst vielleicht mitbekommen haben, dass ich bei meinem letzten Besuch bei dir das Haus etwas schnell verlassen habe", begann der junge Arzt etwas unsicher.
„Was sehr schade war", entgegnete Georg Eisl. „Ich hätte gerne die Untersuchungsergebnisse mit dir weiterdiskutiert. Aber die nächsten Tage warst du nicht zu erreichen. Hat dich der Neid auf die Ergebnisse gepackt?"
Simon Eisl lächelte gequält.
„Die Ergebnisse sind fantastisch. Aber darüber möchte ich gerne das nächste Mal reden. Heute beschäftigt mich etwas anderes."
„Nur raus damit, wo drückt der Schuh?"
„Als du wegen des Einsatzes weg musstest, habe ich zufällig auf das Bild an der Wand gesehen. Ich dürfte so etwas wie eine Erinnerung gehabt haben. Denn plötzlich wusste ich, dass du einen Tresor dahinter hast."
Georg Eisl, in seinen Vermutungen bestätigt, beschloss in die Offensive zu gehen.

„Es ist schön, dass du dich wieder an etwas erinnern kannst! Dann hast du wahrscheinlich das Bild abgehängt, den Code eingetippt und den Tresor geöffnet." Belustigt beobachtete der Arzt die verwunderte Reaktion seines Neffen.
„Ich habe mir schon so etwas Ähnliches gedacht. Du hast das Bild danach ja auch verkehrt herum aufgehängt."
In Simon Eisls Gesicht zeigte sich ein leichter Anflug von Röte.
„Ich habe dir den Tresor am Tag deines Unfalles gezeigt", fuhr der Onkel amüsiert fort. „Dort wollte ich die wertvollen Ergebnisse verstecken. Wie es aussieht, habe ich den Code vor deinen Augen eingetippt. Aber es gibt ja nichts zu verheimlichen. Ich kann mir jedoch vorstellen, dass es dich erschreckt hat, als du dann die Hakenkreuze auf den schrecklichen Dokumenten gesehen hast!"
„Sie haben mich wirklich entsetzt", antwortete Simon Eisl.
„Und du oder Vater habt nie davon gesprochen oder sonst etwas darüber erzählt", fügte Wolfgang Eisl verbittert hinzu.
„Dafür muss ich mich wohl wirklich entschuldigen", fuhr Georg Eisl jetzt ernster fort. „Aber ich habe nur Vaters Wunsch Folge geleistet. Er war nie stolz auf seine Zeit im Krieg gewesen. Mit dessen Ende 1945 beziehungsweise seiner Freisprechung durch das Kriegsverbrechertribunal im Jahre 1946 wollte er diesen Lebensabschnitt abhaken. Und er wollte mit niemandem außer mir, seinem ältesten Sohn, darüber sprechen."
Entschuldigend blickte Georg Eisl zu Wolfgang Eisl, der zwar verstehend nickte, dem aber der Neid über

die Bevorzugung seines Bruders durch den Vater anzumerken war.

„Und warum hast du sie dann nach Vaters Tod behalten?", bohrte Wolfgang Eisl nach.

„Die Dokumente sind ein Zeugnis aus dem Leben unseres Vaters. Ich konnte sie nicht einfach wegwerfen oder vernichten. So habe ich sie eben versteckt."

„Und wieso hast du als Code das Geburtsdatum meiner Frau benutzt?" Der letzte Satz brach fast aus Wolfgang Eisl heraus.

Sein Bruder wurde nun vollkommen ernst.

„Verzeih mir, Bruder. Das kannst du jetzt vielleicht nicht verstehen. Aber ich habe Elisabeth die letzten Tage leiden sehen und bis in den Tod begleitet. Ich habe mein Bestes gegeben und schlussendlich versagt. Den Tresor habe ich kurz nach ihrem Tod gekauft und einbauen lassen. In diesem Moment schien es mir eine gute Idee, sie so für mich nicht in Vergessenheit geraten zu lassen. Ich denke jedes Mal an sie, wenn ich den Tresor öffne. Aber ich kann den Code gerne ändern, wenn du darauf bestehst, Wolfgang."

Wolfgang Eisl war verunsichert. Sein Bruder hatte vor dem Tod von Elisabeth viel Zeit an ihrem Krankenbett verbracht. Er hatte täglich mitbekommen, wie sehr sich Georg für sie einsetzte und alles unternahm, um sie zu retten. Vielleicht war es falsch von ihm, seinem älteren Bruder zu unterstellen, dass er dies aus Liebe zu Elisabeth tat und nicht aus einer tiefen Freundschaft zu ihr heraus. Er musste sich eingestehen, dass sich eine quälende Eifersucht in ihm eingenistet hatte, weil sein Bruder zumindest gehandelt hatte, während er nur zuschauen konnte, wie seine Frau innerhalb kürzester Zeit verfiel. Georg war es gewesen, der im

Moment des Todes bei ihr war. Auch das – musste er sich eingestehen – hatte er ihm nie verziehen. Vielleicht war es nun Zeit, diese Schranke zu durchbrechen. Dennoch fiel es ihm schwer, als er seinem Bruder antwortete.

„Du brauchst den Code natürlich nicht zu ändern. Und entschuldige meinen Tonfall. Nicht nur ich habe ein Recht darauf, um Elisabeth zu trauern."

Georg Eisl klopfte seinem Bruder auf die Schulter und deutete eine Umarmung an. Dann schenkte er doch drei Gläser Wein ein.

„Wie geht es dir sonst mit deinen Erinnerungen?", versuchte er vom Thema abzulenken und wandte sich an seinen Neffen, der in den letzten Minuten schweigsam daneben gesessen war.

„Da gibt es bei mir nichts Neues", antwortete der junge Arzt, der in der vorherrschenden gedämpften Stimmung nichts von seiner Hypnose und den seltsamen Bildern erzählen wollte.

Nachdem die drei noch ein paar nebensächliche Dinge besprochen hatten, verabschiedeten sie sich mit unterschiedlichen Gefühlen.

Wolfgang Eisl war sich nicht mehr sicher, ob er seinen Bruder nicht die ganze Zeit falsch eingeschätzt hatte und er seinen eigenen, teils egoistischen Gedanken zu viel Platz gegeben hatte.

Simon Eisl konnte sich des Gefühls nicht erwehren, dass sein Onkel nicht die ganze Wahrheit gesagt hatte. Irgendwie war ihm alles zu glatt und zu geplant vorgekommen.

Nur Georg Eisl war zufrieden mit dem Verlauf des Gespräches. Er hoffte nun, dass die beiden Familienangehörigen nicht mehr weiterbohren würden. Und er ihnen damit die Bekanntschaft mit Janez Zajc ersparen konnte.

21.

Wolfgang Eisl fuhr seinen Sohn nach Hause. Während der Fahrt waren beide sehr schweigsam gewesen und jeder hing seinen Gedanken nach. Er begleitete Simon noch ins Haus, da ihm dieser noch etwas zeigen wollte. Während sich der Vater hinsetzte, holte Simon Eisl die Unterlagen aus dem Landesarchiv hervor. Wolfgang Eisl setzte sich die Lesebrille auf und studierte die Dokumente.
Dann sah er seinen Sohn fragend an.
„Mir hat diese Geschichte mit Großvater keine Ruhe gelassen. Ich war daher im Landesarchiv und habe versucht, einige Nachforschungen anzustellen", klärte ihn Simon Eisl auf.
„Viel ist allerdings nicht herausgekommen. Alles was ich finden konnte ist das Bild und die Liste der Überlebenden."
„Die meisten von ihnen werden heute wohl schon tot sein", entgegnete ihm sein Vater.
„Ich habe gestern noch sämtliche 122 Namen in allen deutschsprachigen Onlinetelefonbüchern gesucht. 37 von ihnen zeigten eine Übereinstimmung."
„Und was erwartest du dir davon?", zeigte sich Wolfgang Eisl skeptisch.
„Vielleicht gibt es noch einen Zeitzeugen, der uns

etwas über Großvater erzählen kann. Ich habe alle 37 Namen durchgerufen. Die meisten Leute hatten jedoch eine zufällige Namensübereinstimmung. Einige legten auf, sobald ich sie auf den Krieg angesprochen habe. Ein paar habe ich noch nicht erreicht. Im Endeffekt sind jedoch sieben Namen übrig geblieben. Ich habe eine Liste mit den Adressen erstellt. Mit deinem Einverständnis würde ich gerne mit diesen Leuten reden. Sollte dabei nichts herauskommen, werde ich die Sache ruhen lassen."

Wolfgang Eisl nahm die Liste entgegen. Er sah keinen Sinn im Eifer seines Sohnes, wollte ihn aber nicht bremsen. Zudem hätte auch er gerne etwas mehr über seinen Vater erfahren.

Daher rückte er sich die Brille zurecht und überflog die Namen und Adressen, die sein Sohn herausgefunden hatte. Plötzlich stutzte er. Einer der Namen kam ihm seltsam vertraut vor. Als er auf die Adresse blickte, erkannte er sogleich den Zusammenhang.

Ein paar Tage zuvor war er gerade noch dort gewesen. Sofort stand er auf und wandte sich zu seinem Sohn.

„Zieh dich an und nimm die Unterlagen mit! Wir machen einen Ausflug nach Liefering. Auf einen Kaffee bei einer netten, älteren Dame."

Simon Eisl war verblüfft über den plötzlichen Elan, den sein Vater an den Tag legte. Nichtsdestotrotz zog er sich eine Jacke über und folgte ihm zum Auto.

„Dann kann ich dir auch gleich zeigen, wo meine ehemalige Pflegedienstleiterin, Gudrun Ranke, gewohnt hat."

Der junge Arzt, der keinen Zusammenhang in den Worten seines Vaters sah, war nun komplett verwirrt.

22.

Gudrun Ranke war zu diesem Zeitpunkt bereits seit vielen Stunden tot. Die Männer, die in ihre Wohnung eingedrungen waren, hatten ganze Arbeit geleistet.
Die Befragung unter Androhung von Schmerzen hatte herausgebracht, dass die ehemalige Pflegeleiterin sich bei der Polizei stellen wollte. Besonders Janez Zajc hatte durch seine ʼsubtilenʼ Methoden einen großen Anteil am Geständnis Rankes. Unklar blieb allerdings der Wahrheitsgehalt ihrer Aussagen über den Wissensstand von Wolfgang Eisl. Hier beharrte die Befragte darauf, dass sie geplant hatte, ihn morgen anzurufen und über alles genau zu informieren.
Viel mehr war aus Gudrun Ranke dann nicht mehr herauszubekommen. Klar war allerdings, dass man sie mit ihren Plänen nicht am Leben lassen konnte.

Die zwei Männer befestigten eine Vorhangkordel am massiven Luster an der Decke. Etwas schwieriger gestaltete sich das Vorhaben, die ehemalige Krankenschwester auf die Leiter zu bringen und ihr den Strick umzulegen. Ihr Geist schien zu dieser Zeit aber bereits gebrochen. Vielmehr erschwerte die hohe Decke ihnen die Arbeit zusätzlich.
Unter größter Vorsicht und keine Spuren hinterlassend, gelang es ihnen schließlich. Janez Zajc stieß die Leiter gerade so weit weg, dass Gudrun Ranke sie nicht mehr erreichen konnte. Das Seil hielt und man konnte hören, wie das Genick brach. Dennoch ließen die Männer ihr Opfer noch fünf Minuten hängen, um sicher zu gehen. Erst danach lösten sie den Knebel, den sie ihr vorher in den Mund gesteckt hatten.

Die ehemalige Pflegeleiterin konnte also nichts mehr aussagen. Auf ihrem Schreibtisch lag das ärztliche Attest, das ihr ein Burnoutsyndrom, Antriebslosigkeit und Depressionen bescheinigte. Gründe, sich selbst umzubringen waren also genügend vorhanden.
Gudrun Ranke hatte mit ihrer Befürchtung recht behalten. Der zweite Kontakt, den sie auf ihrem Handy angelegt hatte, war ihr zum Verhängnis geworden.

23.

Die nette, alte Dame, als die sie sein Vater beschrieben hatte, freute sich über den abermaligen Besuch und bot den beiden sogleich eine Tasse Kaffee an. Noch wusste Gertraut Berger nicht, um was es eigentlich ging, doch war sie froh über jede Abwechslung in ihrem Leben.
Den älteren, sehr sympathischen Herren hatte sie ja bereits kennengelernt. Und der jüngere hatte sie gestern am Abend anscheinend bereits angerufen. Ihr war nicht mehr ganz klar, was er am Telefon wollte, weil es bereits spät gewesen und sie durch die Schlaftabletten schon sehr müde gewesen war. Nun genoss sie es aber, mit den zwei Herren über einige Dinge zu reden, die sie gerade beschäftigten.
Endlich konnte sie einmal ihre Meinung zur derzeitigen politischen Lage aussprechen, aber auch ihren Ärger über die Nachbarn von unterhalb anbringen, die ihr Kind stundenlang schreien ließen und darauf angesprochen stets ungehalten reagierten und keinen Respekt mehr vor dem Alter zeigten.

Es war bereits über eine Stunde vergangen, als Simon Eisl auf den eigentlichen Grund ihres Besuches zu sprechen kam. Er erläuterte Frau Berger sein Vorhaben, etwas über seinen Großvater herauszufinden. Die alte Dame wurde daraufhin schwermütig und bestätigte die Vermutung des jungen Arztes, dass sie damals mit ihrer Schwester und ihrem Bruder im Konzentrationslager interniert war.

„Wir waren damals, 1943, von den Nazis in einem kurzen Prozess als Kollaborateure verurteilt worden", die Stimme der Pensionistin klang nun klar und ruhig, „nachdem wir einigen Juden zur Flucht aus Deutschland verholfen haben. Daher sollten wir auch die gleiche Strafe wie die Juden bekommen. Man schickte uns in dieses Lager. Wir kamen in ein Programm für medizinische Untersuchungen."

Gertrud Berger lief es bei der Erinnerung kalt über den Rücken.

„Zu dieser Zeit hat auch mein Opa als Arzt in Dachau gearbeitet", begann Eisl zu erzählen. „Er hat dort die Menschen mit Medizin versorgt. Soweit sie vorhanden war."

Dass sein Großvater auch den Tod der Opfer feststellen musste, ließ der junge Arzt an dieser Stelle bewusst weg. Er zog nun das Bild aus seiner Aktentasche, das er aus dem Landearchiv mitgebracht hatte und legte es der alten Dame vor.

„Vielleicht kennen Sie den linken Mann. Dr. Eisl."

Gertraut Berger setzte sich ihre Brille auf und folgte dem Zeigefinger Eisls. Plötzlich wurde sie kreidebleich und ihr entfuhr ein schriller Schrei.

„Das ist er!" Ihre Hände zitterten, als sie auf das Bild von Simon Eisls Großvater zeigte.

Wolfgang Eisl stand nun auch auf und versuchte beruhigend auf die alte Dame einzureden.
„Das ist wer, Frau Berger?"
„Der Teufel höchstpersönlich. Dr. Hauser!"
Verwirrt betrachteten der Vater und sein Sohn die Pensionistin, bevor Simon Eisl die alte Dame verbesserte.
„Frau Berger, das ist Herr Dr. Eisl. Der Mann rechts neben ihm ist Dr. Hauser."
Die Stimme Gertraut Bergers wurde plötzlich hart und kalt.
„Den Mann rechts kenne ich nicht", wischte sie den Einwand beiseite. Dann zeigte sie wieder auf das Bild Gerhard Eisls. „Dieses Gesicht werde ich ein Leben lang nicht vergessen. Der Teufel hat durch seine Untersuchungen hunderte Menschen auf dem Gewissen. Auch meine Schwester und meinen Bruder!"
Mit tiefem Hass in den Augen blickte sie Wolfgang und Simon Eisl an.
„Das ist Dr. Hauser!" Ihr Finger klebte dabei regelrecht auf dem Bild des Vaters und gleichzeitig Großvaters ihrer nun unerwünschten Besucher.

III

1.

Zu Hause bei Wolfgang Eisl angekommen breitete sich Ratlosigkeit aus. Die Reaktion Gertraut Bergers kam für beide vollkommen überraschend.
„Glaubst du, dass die alte Dame schon etwas verwirrt ist?", durchbrach der Vater das Schweigen.
„Natürlich ist sie in einem hohen Alter", antwortete Simon Eisl. „Sie muss an die 90 Jahre alt sein. Dafür hat sie mir aber einen sehr agilen Eindruck gemacht. Geistig scheint sie auch auf voller Höhe zu sein. Sie wirkt keineswegs verwirrt. Aber wie konnte sie dann die beiden Menschen auf dem Foto verwechseln? Ich verstehe das nicht!"
„Und noch dazu schien sie sich ihrer Sache vollkommen sicher zu sein.", führte Wolfgang Eisl den Gedankengang seines Sohnes fort. „Ich hätte sie gerne noch etwas näher befragt. Wenn sie uns nicht in hohem Bogen hinausgeworfen hätte."
„Was man wirklich verstehen kann, wenn man bedenkt, dass sie uns für den Sohn und den Enkel dieses Kriegsverbrechers Hauser hält. Mit uns wird sie also nicht mehr reden. Ich habe mir bereits überlegt, ob vielleicht Dr. Steger nochmals ein Gespräch mit ihr führen könnte?"
„Das würde sie tun?", entgegnete Wolfgang Eisl.
„Ich denke schon. Ich werde anrufen und sie fragen."
Bei diesem Reizwort erinnerte sich auch der Personalleiter an das Versprechen seiner ehemaligen Stationsleiterin. Er blickte auf sein Handy, konnte aber noch keinen Anruf von ihr sehen. Er fragte sich daher, ob sie sein Vertrauen wirklich verdient hatte. Noch einmal wählte er die Nummer Gudrun Rankes, während sein Sohn mit der Therapeutin telefonierte.

2.

Hauptkommissar Wirthenstätter saß vor den Ergebnissen der Untersuchung des Computers des Journalisten Kroll. Eine leichte Enttäuschung machte sich in ihm breit. Er hatte auf einen großen Wurf gehofft. Die berühmte Bombe, die er zum Platzen bringen wollte. Dennoch hatte er das Gefühl, dass sich zumindest die Zündschnur in Brand gesetzt hatte.
Krolls Aufzeichnungen brachten zwar keinen großen Knalleffekt. Aber es schien klar zu sein, dass er sich mit Hilfe seines Berufsstandes nicht immer ganz legal Informationen beschafft hatte. Einige Notizen waren auf einem versteckten, privaten Ordner abgespeichert worden. Allesamt hatten sie gemein, dass sie wie ein Bericht formuliert worden waren. Und alle standen sie irgendwie im Zusammenhang. Ein Zusammenhang, der Wirthenstätter noch nicht ganz klar war.

Der Kommissar druckte daher sämtliche Dokumente des geheimen Ordners – insgesamt 159 Seiten – aus und versuchte, sich ein Ordnungssystem zurechtzulegen. Eine Stunde später konnte er die Unterlagen grob auf zwei Stapel verteilen. Der erste barg Informationen über Vorgänge in diversen Kliniken und Spitälern. Der zweite Stapel – nun wurde es für ihn immer interessanter – stand im Zusammenhang mit der Beschaffung von Informationen über laufende polizeiliche Ermittlungsverfahren.
Der leitende Exekutivbeamte griff daraufhin zum Telefon. Er rief den Chefredakteur der Zeitung Krolls, Sigurd Larrson, an und erkundigte sich, ob sein Angestellter irgendeinen Artikel geplant hatte, bei dem

es um die Salzburger Kliniken oder die Arbeit der Polizei ging. Der Chefredakteur am anderen Ende der Leitung klang verwundert über die Frage des Kommissars. Kroll sei, ohne ihm nahe treten zu wollen, gerade kein Zugpferd der Zeitung. Vielmehr beschäftige er sich bei seinen Recherchen mit den kleinen Geschichten für die Lokalseiten. Lückenfüller. Wie im Moment mit der des entlaufenen Luchses, falls der Kommissar schon davon gelesen habe. Artikel also, die wichtig für jede Zeitung sind, für die aber kein arrivierter Journalist einen Finger gerührt hätte. Warum Kroll polizeiliche Informationen haben sollte, war dem Chefredakteur unklar. Auch Untersuchungen in der Klinik im Rahmen von Recherchearbeiten konnte er als Auftraggeber für seine Zeitung mit Sicherheit ausschließen.

Dies reichte Wirthenstätter vorerst als Information. Er verabschiedete sich, musste aber Larrson zuvor das Versprechen geben, ihn als Ersten zu benachrichtigen, falls eine interessante Story bei der ganzen Sache herausschauen sollte.

Der Hauptkommissar fühlte sich in seinen Vermutungen bestätigt. Die Informationen in Krolls verstecktem Ordner waren nicht für die Zeitung bestimmt. Es musste sich also um einen anderen Auftraggeber handeln. Und dieser schien ein Interesse daran zu haben, dass die Daten nicht in fremde Hände fielen. Die Auswertung der Telefongespräche und der Bankdaten des Journalisten würde ihn hoffentlich wieder ein Stück voran bringen. Die Lunte brannte langsam, aber stetig. Wirthenstätter war weiterhin überzeugt, einer großen Sache auf der Spur zu sein, als das Telefon läutete. Die Sekretärin erklärte, dass ein gewisser Eisl am Apparat sei. Der Kommissar ließ den Anrufer durchstellen. Er war gespannt, was für eine Geschichte der junge Arzt diesmal auf Lager hatte. Umso mehr erstaunte es ihn, als sich das Gegenüber nun als dessen Vater Wolfgang Eisl vorstellte.

3.

Clara Steger war sich durchaus bewusst, dass sie sich mit ihrem Vorgehen auf höchst unprofessionellem Gebiet befand. Die Befragung einer alten Dame über ihre Vergangenheit im Auftrage einer ihrer Klienten gehörte nun gewiss nicht zu ihrer Berufsbeschreibung. Einerseits genoss sie es aber, aus ihrem Alltagsleben herauszutreten und abseits der vorgegebenen therapeutischen Spuren zu wandern. Auch wenn sie das Gefühl hatte, auf ein Pulverfass gestoßen zu sein. Andererseits war ihr der junge Arzt sympathisch. Sie musste sich wohl eingestehen, dass sie den Wissenschafter durchaus als attraktiven und interessanten Menschen empfand.
Daher hatte sie der Bitte Eisls nachgegeben. Sie zögerte nur kurz vor der Wohnungstür Gertraut Bergers, bevor sie den Klingelknopf betätigte.

Sie hörte, wie sich der Schlüssel im Schloss drehte und sich die Türe langsam öffnete.
„Ja bitte?", erkundigte sich die Pensionistin, die in letzter Zeit selten so viel unangekündigten Besuch hatte wie in den vergangenen Tagen.

Clara Steger beschloss beim Anblick der rüstigen Dame, sich keine Tricks einfallen zu lassen. Ehrlich erklärte sie Frau Berger den Grund ihres Besuches und warum Simon und Wolfgang Eisl sie zu ihr geschickt hatten. Sie hoffte dabei, in der Rolle der weiblichen Therapeutin keinen verschreckenden Eindruck zu erwecken.

Gertraut Berger schien sich kurz unschlüssig zu sein. Doch dann öffnete sie ihrem Gast die Tür und bat ihn in die Wohnung.

„Verzeihen Sie mir, wenn ich etwas unhöflich bin. Aber der Besuch Ihrer ...", sie zögerte kurz, bevor sie fortfuhr. „Klienten, so sagt man glaube ich, hat mich doch sehr durcheinandergebracht. Obwohl es mir im Nachhinein fast leid tut, dass ich sie aus der Wohnung geworfen habe. Sie schienen mir nette Menschen zu sein."

Steger bestätigte die Einschätzung der alten Dame.

„Auch die beiden hat das Gespräch sehr mitgenommen. Deshalb bin ich ja auch hier. Vielleicht können Sie mir noch mehr von damals erzählen. Meine Klienten würden es einfach gerne verstehen."

„Das kann kein Mensch heutzutage mehr verstehen", erwiderte die Pensionistin. „Dennoch will ich Ihnen meine Geschichte kurz erzählen, auch wenn es mir wirklich schwer fällt. Erwarten Sie aber von meiner Seite keinen Freispruch des Vaters oder Großvaters der beiden."

„Dr. Eisl, oder wie auch immer er sich genannt haben mag, ist vor vielen Jahren bei einem Bergunfall gestorben", erklärte Clara Steger.

„Nicht einmal nach seinem Tod kann ich ihm verzeihen, was er mir, meinen Geschwistern und noch vielen anderen angetan hat", erwiderte Gertraut Berger verbittert.

Die Therapeutin hielt sich daraufhin mit ihren Fragen zurück und tat das, was sie am besten konnte: zuhören.

„Sie müssen wissen, dass meine Geschwister und ich ab 1940 in einer kleinen, lose organisierten Widerstandsbewegung tätig waren. Wir konnten den Grausamkeiten, denen die Juden ausgesetzt waren, einfach nicht mehr länger zusehen. So versteckten wir über zwei Jahre hinweg einzelne Menschen, aber auch kleine Familien bei uns im Keller, bevor andere Widerstandskämpfer sie abholten und über die Grenze brachten. Doch die SS wurde immer stärker, mächtiger und auch geschickter darin, Angst unter der Bevölkerung zu säen und die Hetze gegen die Juden voranzutreiben. Schließlich war es meine eigene Tante, die uns am 13. Oktober 1942 bei der SS anschwärzte."
Gertraut Bergers Blick schien weit weg zu sein, als sie fortfuhr.
„Meine Geschwister und ich wurden gemeinsam mit der jüdischen Familie, die sie im Keller entdeckt hatten, in den Ort gebracht. Dort wurden wir aneinandergebunden und am Hauptplatz den ganzen Tag über dem Zorn der Bevölkerung ausgesetzt. Wir wurden geschlagen, getreten und beschimpft, ohne dass wir uns wehren konnten. Selbst mein ehemaliger Nachbar schlug mir ins Gesicht.
Am Abend fand dann der Schauprozess statt. Drei Mitglieder der SS stellten sich hinter dem Rücken der jüdischen Familie auf. Ein Mann mit seiner Frau und deren drei Kindern. Das jüngste Mädchen war gerade einmal acht Jahre alt. Unter dem Jubel der Masse schossen sie einem nach dem anderen in den Hinterkopf.

Auch meine Geschwister und ich erwarteten den schnellen Tod. Doch mit uns hatten die Bestien noch Schlimmeres vor. Als Judenfreunde sollten wir auch wie Juden behandelt werden. So wurden wir anstatt der erschossenen Familie ins Konzentrationslager gebracht. Dort würden wir zumindest für etwas gut sein.

Was das sein sollte, erfuhren wir zwei Tage später in Dachau. Im Sammellager wurden einige der robusteren Inhaftierten ausgewählt, um an einer medizinischen Untersuchung teilzunehmen. Himmler selbst hatte angeordnet, eine deutsche Variante des Penicillins herzustellen.

Im Vergleich zu den Juden waren Georg, Erika und ich körperlich noch in gutem Zustand. Daher wurden wir für das Experiment ausgewählt."

Die alte Dame legte abermals eine Pause ein und nippte mit zitternden Händen an ihrem Kaffee. Dann erzählte sie weiter.

„An diesem Tag lernte ich erstmals Dr. Hauser kennen. Er wirkte wie ein charmanter, kompetenter, junger Arzt und gab sich uns gegenüber höflich. Wir fassten wieder ein bisschen Mut und glaubten, vielleicht doch noch heil davonzukommen.

Aber bereits drei Tage später erklärte Dr. Hauser den verantwortlichen Ärzten in unserer Anwesenheit die Vorgehensweise. Man würde den Kranken des Lagers flüssigen Eiter entnehmen und ihn uns täglich unter die Haut spritzen. Entweder in die Muskeln oder in die Venen. Danach würden sie uns das Medikament verabreichen, um die Wirkung zu überprüfen.

Während Dr. Hauser dies anordnete, lächelte er uns zu. Das Lächeln wirkte eiskalt und vollkommen gefühllos. Wir hätten genauso gut Tiere sein können.

Unser Leben hatte für ihn keine Bedeutung, außer zu wissenschaftlichen Zwecken. Dabei glaube ich nicht einmal, dass er ein Nazi war oder überhaupt eine politische Ideologie vertrat. Es machte für ihn keinen Unterschied, ob wir Juden oder sogenannte Arier waren. Dachau war für ihn einfach eine riesige Versuchsklinik mit nie zu Ende gehendem Versuchsmaterial.

Ich habe im Krieg viele böse Menschen gesehen. Die meisten hatten aber zumindest Gefühle. Auch wenn es oft Frust, Hass und Wut waren. Dr. Hauser hingegen blieb selbst in den schlimmsten Situationen eiskalt, zeigte keine Regung, auch nicht das geringste Mitgefühl. Für mich war er der Teufel in Person!"
Erschöpft blickte Gertraut Berger ihren Besuch an.
Leise fragte Steger: „Was ist mit Ihnen und Ihren Geschwistern passiert?"
Nach kurzem Schweigen fuhr die alte Dame fort.
„Erika starb bereits nach wenigen Tagen an einer Blutvergiftung. Georgs Überlebenswille war stärker. Nachdem man die Eiterherde an seinem Körper immer wieder aufgestochen hatte, erkrankte aber auch er schließlich an Schüttelfieber und verstarb noch Ende des Jahres.
Ich wurde in eine andere Krankenstation verlegt, in der man Malariaexperimente vornahm. Mit Glück überlebte ich diese Versuche, auch wenn ich nach Ende des Krieges als schwer krank eingestuft wurde. Ich brauchte mehr als drei Jahre, um mich körperlich zu erholen. Mein Geist benötigte wesentlich länger."
Dr. Steger strich der Pensionistin sanft über die Arme.
Eine Frage an die alte Dame hatte sie allerdings noch, deren Beantwortung der eigentliche Grund ihres Kom-

mens war. Sie wollte, dass die Pensionistin Dr. Hauser beschrieb, ohne das Foto anzusehen.

Ohne Zögern und mit klaren Worten beschrieb Gertraut Berger das Aussehen und die Gesichtszüge des KZ-Arztes. Die Therapeutin betrachtete währenddessen das Bild. Der Mensch, den die alte Dame mit ihren Worten zum Leben erweckte, glich bis ins Detail dem Bild des Mannes, der eigentlich Dr. Gerhard Eisl sein sollte.

4.

Auf dem Weg zur Fleischtheke des Supermarktes wurde Simon Eisl unsanft angerempelt. Ein Herr mittleren Alters entschuldigte sich freundlich, bevor er im nächsten Gang verschwand.

Eisl hatte beschlossen, sich heute ein saftiges Rindssteak zu genehmigen. Er wollte abseits des Stresses und der Verwirrungen der letzten Tage eine kleine Auszeit nehmen und einen gemütlichen Abend vor dem Fernseher verbringen. In letzter Zeit war einfach zu viel auf einmal passiert, sodass er schon langsam den Faden verlor und merkte, dass sich der Stress ungünstig auf seinen Körper und seine Psyche auswirkten.

Während der Metzger den zarten Lungenbraten einwickelte, versuchte Eisl sich bereits zu entspannen und die Vorgänge rund ihn herum zumindest kurzfristig zu vergessen.

Nachdem er noch ein paar Kleinigkeiten eingekauft hatte, verließ er das Geschäft und beschloss, den Rest des Weges zu Fuß heimzugehen.

Beim Spazieren musste er doch noch an seine Therapeutin denken, die im Laufe des Nachmittages Frau Gertraut Berger besuchen wollte. Natürlich war er neugierig, was dabei herausgekommen war. Doch wollte er versuchen, diese Besprechung auf den morgigen Tag zu verlegen.
Dies wollte er Frau Steger zumindest per SMS mitteilen. Eisl kramte daher in der Jackentasche nach seinem Handy. Dort konnte er es aber nicht finden. Der junge Arzt blieb stehen und durchsuchte auch die anderen Taschen, jedoch ohne Erfolg. Er hatte es wohl daheim liegen gelassen. Dadurch würde er sich auf keinen Fall stressen lassen. Er knöpfte daher seine Jacke wieder zu und schlenderte gemütlich nach Hause.

Im selben Moment summte das Telefon Wolfgang Eisls. Eine SMS seines Sohnes leuchtete am Display auf. Der Personalleiter öffnete den Posteingang. Es dauerte eine Weile, bis er den Inhalt verstand. Erst dann warf er sich kreidebleich den Mantel über und fuhr mit viel zu hohem Tempo zu Simon Eisls Haus.

Nur kurze Zeit später versuchte Clara Steger vom Auto aus ihren Klienten zu erreichen, um ihm vom Gespräch mit Gertraut Berger zu erzählen. Verwundert stellte sie fest, dass sich eine fremde Stimme am anderen Ende der Leitung meldete. Noch während des Telefonats begannen ihre Hände zu zittern.

Der Herr mittleren Alters legte auf, entfernte den Akku und die SIM-Karte des gestohlenen Telefons und warf alle Teile getrennt in verschiedene Mülleimer.

5.

Chefredakteur Sigurd Larrson bedankte sich telefonisch bei Wirthenstätter und versprach, sich bei Gelegenheit ebenfalls zu revanchieren. Was er auch wirklich vorhatte. Ein Geschäftsessen musste der leitende Beamte naturgemäß ausschlagen. Aber man hatte sich geeinigt, im Schatten der Verschwiegenheit Informationen auszutauschen.
Bei dem riesigen Skandal, der die Öffentlichkeit zu erwarten schien, konnte es auch nicht schaden, einen Ansprechpartner ganz oben in der Polizeihierarchie zu haben. Und Larrson saß durch den Kontakt zu Wirthenstätter nun in der ersten Reihe.
Auch wenn der Kommissar seinen Informanten nicht nennen wollte, reichten die Hinweise seiner Zeitung für einen explosiven Bericht auf Seite eins.

Der Hauptkommissar spielte natürlich mit dem Feuer, wenn er den Medien Hinweise weiterreichte. Er hatte aber auch die Erfahrung gemacht, dass er mit Hilfe der Journalisten wesentlich schneller an Informationen herankam, als wenn er sich der schwerfälligen Bürokratie des Polizeiwesens bediente. Und in diesem Fall konnte ihm jede Hilfe recht sein.
Der Anruf Wolfgang Eisls wenige Stunden zuvor hatte die ganze Angelegenheit ins Rollen gebracht. Nachdem Wirthenstätter versprochen hatte, seinen Namen vorerst nicht zu nennen, erzählte ihm der Personalleiter seine Theorien bezüglich der Babyklappe in Salzburg. Im Anschluss berichtete er genau von dem Treffen mit Gudrun Ranke in Wien, was sie dabei besprochen hatten und warum er jetzt in Sorge um seine ehemalige

Angestellte sei. Die Sache klang schier unfassbar. Der Kommissar hatte aber von Eisl Junior schon gelernt, dass man gerade die scheinbar absurden Erzählungen ernst nehmen musste. Sofort informierte er also seine Wiener Kollegen, die daraufhin eine Streife in die Talgasse schickten. Zwanzig Minuten später erhielt er die erschreckende Nachricht, dass sich die ehemalige Pflegeleiterin erhängt hatte. Neben ihr lag ein ärztliches Schreiben, das ihr schwere psychische Störungen attestierte. „Zu eindeutig", dachte der Hauptkommissar wieder einmal und wies die Kollegen vor Ort an, nichts ohne Spurensicherung zu unternehmen. Danach setzte er sich in seinen Dienstwagen. Er wollte die weiteren Untersuchungen in Wien nicht verpassen.

6.

Simon Eisl bog langsamen Schrittes um die Ecke, als er bereits von Weitem seinen Vater sah, der mit den Händen fuchtelte und ihm irgendetwas zurief.
Da er ihn noch nie so aufgeregt erlebt hatte, beschleunigte er seinen Schritt und lief ihm schließlich entgegen.
„Was ist los?"
Simon Eisl registrierte das merkwürdige Verhalten seines Vaters, der sich unsicher umblickte, als würde er verfolgt werden. Er drängte seinen Sohn ins Haus und bat ihn, sofort zuzusperren.
Simon Eisl folgte den Anweisungen und eilte mit ihm in die Küche.
„Verdammt Paps, was ist denn passiert?"

„Weißt du, wo dein Handy ist?" stieß Wolfgang Eisl nervös hervor.

„Keine Ahnung. Ich habe es nicht bei mir. Vielleicht liegt es irgendwo im Haus. Aber warum ist das so wichtig?"

Wolfgang Eisl klappte das eigene Telefon auf und zeigte dem Sohn mit zitternden Händen die SMS, die als Absender Simon Eisl anzeigte: 'Unterlassen Sie sofort ihre Nachforschungen. Sonst werden Sie und Ihr Sohn sterben. Gehen Sie nicht zur Polizei. Sonst werden Sie und Ihr Sohn sterben. Das Leben Ihrer Angestellten haben Sie bereits auf dem Gewissen. Verspielen Sie nicht Ihr eigenes oder das Ihres Sohnes.'

Fassungslos las der junge Arzt die Zeilen, die von seinem Handy aus geschrieben worden waren. Automatisch ging er die Erinnerungen der letzten Stunde durch. Die Erkenntnis traf ihn wie ein Blitzschlag.

Derjenige, der die SMS geschrieben hatte und damit im Besitz seines Handys war, konnte nur der Mann sein, der ihn im Supermarkt fast umgerannt hatte. Eisl rann es kalt über den Rücken beim Gedanken daran, dass er mit dem Menschen Augenkontakt gehabt hatte, der da drohte, sie beide umzubringen.

Aber noch etwas ließ ihn frösteln. Welches Leben hatte sein Vater angeblich auf dem Gewissen?

Nachdem ihm Wolfgang Eisl vom Besuch bei Gudrun Ranke und den Kindesentführungen erzählt hatte, schien Simon Eisl einiges klarer zu werden. Sein Vater hatte also mit den Theorien über die Babyklappe tatsächlich in ein Wespennest gestochen. Und nun benutzten sie ihn, um seinen Vater unter Druck zu setzen. Niemals würde er das Leben seines Sohnes aufs Spiel setzen.

Das Leben der ehemaligen Pflegeleiterin hingegen könnte bereits ausgelöscht worden sein. Simon Eisl rief die Tageszeitungen am Computer ab, um diesem Verdacht nachzugehen. Prompt fand er die Antwort auf seine Frage in einem großen Leitartikel des Salzburger Tagblattes. Wolfgang und Simon Eisl saßen wortlos vor dem Bildschirm und lasen mit Entsetzen den Bericht über den angeblichen Selbstmord Gudrun Rankes, als das Geräusch von knirschendem Kiesel die Stille unterbrach. Beide sprangen fast gleichzeitig auf und schlichen leise zur Haustür. In dem Moment drückte jemand von der anderen Seite vorsichtig die Klinke herunter.

7.

Wieder saßen die drei grauhaarigen Herren am Konferenztisch. Die Anspannung der letzten Tage war ihnen deutlich ins Gesicht geschrieben.
„Es sieht so aus, als würde die Polizei den Selbstmord Gudrun Rankes nicht so einfach schlucken", eröffnete der 68-jährige Sprecher der Runde das Gespräch, indem er die aktuelle Zeitung austeilte. Die anderen beiden Anwesenden nickten, ohne einen Blick in die Zeitung zu werfen. Alle hatten den Bericht bereits mehrmals gelesen.
„Vielleicht hätten wir sie nicht umbringen lassen sollen?", warf der 67-Jährige ein.
„Ihr Tod war notwendig. Darüber waren wir uns einig", entgegnete ihm der Sprecher. „Vielleicht hätten

wir sie nur schon etwas vorher von der Bildfläche verschwinden lassen müssen."

„Es konnte ja keiner ahnen, dass sich Wolfgang Eisl so in die Sache verbeißt", erwiderte der 67-Jährige. „Jetzt könnte die Entführung der Babys ans Licht kommen. Vielleicht sollten wir das Projekt abbrechen und Plan B in Kraft setzen, bevor es zu spät ist?"

„Ein Abbruch des Projektes zu diesem Zeitpunkt kommt überhaupt nicht in Frage!", fuhr der 68-Jährige in die Höhe. „Dafür haben wir viel zu viel riskiert und investiert! Und für Plan B ist es noch zu früh."

Erstmals ergriff der 97-Jährige das Wort und bat den Sprecher mit ruhiger Stimme, sich wieder zu setzen.

„Ich sehe auch keinen Grund, unsere Forschungen abzubrechen. Die Polizei hat eine Tote gefunden. Na und? Im Laufe der Ermittlungen wird sie voraussichtlich auch auf die Kindesentführungen aus der Klinik stoßen. Auch hier sage ich wieder: Na und? Keine Spur führt zu uns! Janez Zajc hat keine Hinweise hinterlassen. Und selbst wenn, so kann er keine Auskunft über uns als Auftraggeber geben, da er selbst keine Ahnung hat, wo wir uns befinden. Wir sollten uns in dieser Hinsicht also nicht verrückt machen lassen."

Die beiden anderen Herren nickten bestätigend, bevor der Älteste fortfuhr.

„Mehr Sorgen machen mir Wolfgang und Simon Eisl. Und diese Therapeutin. Ohne deren Nachforschungen wäre Gudrun Ranke wahrscheinlich noch am Leben. Und wir müssten uns nicht mit den Zeitungsberichten und der Polizei herumschlagen."

„Zajc hat sich des Problems bereits angenommen", antwortete der 68-Jährige und erzählte von dem Ultimatum des Profikillers gegenüber Wolfgang und Simon

Eisl und der Therapeutin. „Ich hoffe, dass sich die Sache damit erledigt hat", schloss er seinen Bericht. „Ich glaube kaum, dass es die drei noch wagen, weitere Nachzuforschungen anzustellen, geschweige denn die Polizei einzuschalten."
„Und wenn doch?", warf der Jüngste der Gruppe ein.
„Zajc wird die drei weiterhin beobachten", antwortete der 97-jährige bestimmt.
„Wenn sie uns weiterhin Schwierigkeiten bereiten, müssen wir auch hier die notwendigen Maßnahmen ergreifen." Ohne eine Reaktion der anderen abzuwarten stand der Älteste daraufhin auf und verließ auf seinen Gehstock gestützt den Sitzungssaal.

8.

Der Eingang von Simon Eisls Haus war verschlossen. Clara Steger atmete tief durch, ehe sie die Klingel betätigte und gleichzeitig ihren Namen rief. Sofort öffnete sich die Türe und zwei sichtlich erleichterte Männer ließen sie hinein. Dann versperrten sie sofort wieder das Schloss hinter ihr.
„Frau Steger, Sie sollten nicht hier sein", begrüßte sie Simon Eisl nervös und führte sie ins Innere des Hauses. Dort erzählte er ihr aufgeregt von der SMS mit den Morddrohungen, seinem Zusammenstoss mit dem mutmaßlichen Sender der Botschaft und den Entführungen der Babys aus der Klinik, denen sein Vater auf die Spur gekommen war. Wolfgang Eisl fügte die eine oder andere Ergänzung hinzu. Als beide mit ihrem Bericht

fertig waren, musste sich die Therapeutin setzen, bevor sie antworten konnte.

„Sie sind nicht die einzigen, die eine Morddrohung erhalten haben. Als ich Sie anrufen wollte, um von dem Treffen mit Gertraut Berger zu erzählen, meldete sich eine fremde Stimme am anderen Ende der Leitung. Zuerst dachte ich, ich hätte mich verwählt. Doch der Mann, der, wie ich glaube, mit einem leichten ausländischen Akzent sprach, nannte mich sofort beim Namen, als würde er mich kennen. Dann drohte er mir, meinem Leben ein Ende zu setzen, wenn ich, wie er sagte, meine Schnüffeleien nicht sofort einstellen würde und den Kontakt zu Ihnen nicht abbreche." Die Therapeutin hielt kurz inne. Dann fuhr sie fort. „Ich hoffe, ich habe uns nicht in große Schwierigkeiten gebracht. Aber ich musste sofort herkommen, um zu sehen, ob es Ihnen gut geht."

„Die Leute, mit denen wir es zu tun haben, meinen es verdammt ernst." Wolfgang Eisl zeigte ihr den Bericht der Tageszeitung auf seinem PC. „Meine Pflegeleiterin haben sie bereits auf dem Gewissen. Wir sollten das tun, was sie von uns fordern."

„Die erste Regel habe ich wohl bereits gebrochen, indem ich hier bin", stellte Steger geknickt fest. „Vermutlich stehen wir alle seit längerer Zeit unter Beobachtung, ohne es zu wissen."

„Und vielleicht in diesem Moment auch", warf Simon Eisl finster ein und zog die Vorhänge im Wohnzimmer zu.

„Wir müssen weg von hier", bestätigte ihm sein Vater. Clara Steger kam eine Idee. Sie kramte tief in ihrer Handtasche, bevor sie das Gesuchte endlich fand.

„Ich habe hier einen Zweitschlüssel für eine Wohnung in Thalgau. Sie ist nicht auf mich angemeldet, sondern auf einen Kollegen von mir. Wir benutzen sie manchmal für Wochenendseminare. Dort könnten wir unterkommen und in Ruhe entscheiden, wie wir weiter verfahren."

„Wenn sie uns wirklich beobachten, werden sie uns folgen", warf der junge Arzt ein.

„Wenn wir bei Nacht aufbrechen, können wir sehen, ob uns jemand verfolgt", versuchte die Therapeutin Eisls Einwand zu entkräften. „Und ich kenne die Gegend wie meine Westentasche. Ein klarer Vorteil für uns."

Nach kurzem Schweigen besann sich Wolfgang Eisl seiner Führungsqualitäten und nahm das Heft in die Hand.

„Das ist zumindest ein Plan. Wir sollten die Gelegenheit nutzen, die uns Frau Steger bietet. Draußen ist es bereits dunkel. Jede Minute länger hier macht mich nervös. Ich würde also vorschlagen, dass wir sofort aufbrechen."

Da keiner der anderen beiden einen Einwand hatte, beschlossen sie, den Plan in die Tat umzusetzen. Vorsichtig öffneten sie die Türe und blickten nach draußen. Es schien alles ruhig zu sein. Kein Mensch war zu sehen. Dennoch waren sie erleichtert, als sie in Stegers Auto saßen und das Haus in Richtung Thalgau verließen.

Am Küchentisch vibrierte währenddessen Wolfgang Eisls Telefon.

9.

Schwester Nikola erfuhr über die Nachrichtenfunktion ihres Handys über den Selbstmord der Pflegeleiterin des Salzburger Krankenhauses. Sie blickte auf das kleine Bild mit dem Gesicht, das durch einen schwarzen Balken unkenntlich gemacht werden sollte. Sobald sie es vergrößert hatte, erkannte sie die Frau, der sie wenige Tage zuvor am Eingang der Kinderklinik das Baby abgenommen hatte.

Im Artikel selbst wurden vage Andeutungen gemacht, warum sich Gudrun R. umgebracht hatte. Erste Spekulationen wurden darüber angestellt, ob und wie die leitende Krankenschwester an einem riesigen Skandal beteiligt sein könnte. Babys seien aus der Klinik entführt worden, um sie reichen ausländischen Interessenten zur Adoption zu übergeben.

Schwester Nikola wusste natürlich genau, wie falsch die Presse mit ihren Vermutungen lag, befand sich doch der Knabe mit der Nummer 786 in ihrer Obhut und schlief derzeit tief und fest in seinem kleinen Bettchen. Vom angeblichen Selbstmord der Krankenhausangestellten war sie nicht überzeugt. Sie wusste, wozu ihre Arbeitgeber fähig sein konnten, auch wenn sie von einem gezielten Mord bis heute noch nichts mitbekommen hatte. Gudrun R. würde zu dieser Sache zumindest nichts mehr aussagen können.

Sanft streichelte sie 786 über den Kopf, der sich daraufhin ein wenig räkelte, bevor er weiter schlief. Vielleicht war es seine letzte ruhige Nacht, denn morgen sollten die Versuche mit ihm bereits beginnen. Die Anweisung hatten sie von ganz oben bekommen. Ein Auftraggeber aus der Ukraine, mehr wurde ihr dazu nicht mitgeteilt, drängte anscheinend und wollte schnelle Ergebnisse. Nun mussten alle rasch reagieren, denn ohne das Geld der ausländischen Investoren würde auch die medizinische Forschung stehen bleiben.

Der kleine Junge würde also vorläufig nur über Umwege zum Erfolg des eigentlichen Projekts beitragen. An ihm sollte morgen ein Schönheitsprodukt getestet werden. Derzeit löste die Creme noch leichte Hautreizungen aus. Die Investoren versprachen sich jedoch großen Erfolg, wenn dieser Fehler behoben werden würde. Sie blickte wieder auf ihren kleinen Schützling und während sie ihn beobachtete, begann ein Gedanke in ihr aufzukeimen, der sich am Laufe der Nacht immer weiter manifestierte.

10.

Kommissar Wirthenstätter wählte erneut die Nummer von Wolfgang Eisl. Fünf mal hatte er es bereits versucht. Jedes Mal war die Sprachbox zu hören, auf die er nun schon ebenso oft eine Nachricht hinterließ.
Erst vor kurzem war er am Wiener Tatort angekommen, an dem die Leiche bereits abgehängt worden war, nachdem die Kollegen alles penibel fotografiert und dokumentiert hatten. Die Leichenbestatter standen schon vor der Tür, um den Körper Gudrun Rankes zur Obduktion zu transportieren.
Nachdem Wirthenstätter seinen Kollegen schon im Vorfeld über das Telefon die wichtigsten Informationen mitgeteilt hatte, erklärte er dem ermittelnden Beamtem nochmals, was Wolfgang Eisl ihm bei seinem Anruf gesagt hatte. Interessiert hörte dieser zu, notierte sich wichtige Informationen auf einen Zettel und stellte ab und zu Fragen. Im Gegenzug berichtete der

Wiener Polizist dem Salzburger Kommissar Genaueres vom Tatort und zeigte ihm die Bilder, die der Polizeifotograf geschossen hatte.

Beide waren sich schnell einig, dass ein Selbstmord zwar wahrscheinlich war, ein Mord aber auch nicht ausgeschlossen werden konnte.

Vor Ort war das Prozedere also in vollem Gange. Da keine Verwandten der Toten ausfindig gemacht werden konnten, brauchte Wirthenstätter dringend Wolfgang Eisl, um eine Identifizierung der Leiche durchzuführen. Außerdem war der Personalleiter nun sein wichtigster Zeuge in diesem Fall.

Nachdem er Eisl wieder nicht erreichen konnte, entsann er sich, dass er die Nummer des Sohnes in seinem Notizbuch notiert hatte. Vielleicht wusste dieser, wo sein Vater zu finden war. Wirthenstätter blätterte also in seinen Aufzeichnungen. Nur wenige Momente später fluchte er so laut, dass die Wiener Kollegen neugierig waren, was den Salzburger Polizisten so aufregen konnte.

11.

Janez Zajc fuhr dem schwarzen Golf der Therapeutin die ersten Kilometer mit großem Abstand hinterher. Die Dämmerung hatte zwar bereits eingesetzt, doch reichte der Zwischenraum bei diesen Sichtverhältnissen noch aus, um dem Wagen unauffällig zu folgen. Es war ihm aber bewusst, dass er sich immer weiter annähern würde müssen, um die Zielpersonen nicht zu verlieren.

Seine Auftraggeber hatte er zuvor telefonisch informiert, dass die Therapeutin trotz seiner Warnung in Eisls Haus aufgetaucht war. Daraufhin hatte er den klaren Auftrag erhalten, die drei zu beobachten und einzuschreiten, wenn er den Befehl dazu bekam. Seine Waffe lag griffbereit auf dem Nebensitz. Vorerst würde es allerdings genügen, den Wagen zu verfolgen und ihren Zielort ausfindig zu machen.

Schnell wurde Zajc klar, dass die Fahrt weder zu Wolfgang Eisls Haus, noch zu Clara Stegers Wohnung führen würde, sondern immer mehr ins Hinterland. Trotz Navigationssystem begann er langsam die Orientierung zu verlieren. Um den schwarzen Golf in Sichtweite zu behalten, musste er näher herankommen.

Plötzlich beschleunigte der Wagen der Therapeutin und setzte sich ein Stück ab. Zajc reagierte und trat ebenfalls auf das Gaspedal. Mit Unbehagen verfolgte er das Manöver Stegers und er musste sich die Frage stellen, ob die Zielpersonen seine Verfolgung bereits bemerkt hatten.

Der Abstand wurde wieder kleiner und der Golf schien im normalen Tempo weiterzufahren. Der Slowene hoffte schon, dass er unentdeckt geblieben war, als die Therapeutin ohne zu blinken in eine kleine Seitenstraße abbog und ihr Tempo wieder erhöhte. Es bestand für Zajc nun kein Zweifel mehr, dass er aufgeflogen war. Er achtete nicht mehr auf Unauffälligkeit. Sein neues Ziel konnte nur sein, am Wagen Stegers dran zu bleiben. Er überprüfte nochmals, ob seine Waffe in Griffweite lag. Fast hätte er aufgrund der kurzen Ablenkung zu spät reagiert. Gerade noch rechtzeitig lenkte er seinen Wagen in die nächste Seitenstraße.

Durch die kurze Verzögerung gelang es Steger, sich etwas von Zajc abzusetzen. Die beiden Autos fuhren in eine dunkle Waldstraße ein. Die Bremslichter des Golf leuchteten wenige hundert Meter vor ihm abermals rot auf, als die Therapeutin in eine steile S-Kurve einlenkte. Der Slowene verlor die Verfolgten erstmals aus den Augen. Mit hohem Tempo nahm er die scharfe Kurve, der kurz darauf eine zweite folgte. Endlich erreichte er wieder einen geraden Straßenverlauf und musste irritiert feststellen, dass der Golf nicht mehr in Sichtweite war. Verwirrt blickte er auf das Navigationssystem, das keine andere Streckenführung anbot. Er behielt also das hohe Tempo bei und hoffte, dass er die Zielpersonen noch einholen würde. Als sich der Wald lichtete und er wieder auf eine ebene Landstraße kam, wurde ihm klar, dass ihn die drei abgehängt hatten. Er wendete seinen Wagen und fuhr die Strecke nochmals zurück. Ein klein wenig hegte er die Hoffnung, dass das Auto Stegers irgendwo im Wald lag, weil sie von der Strecke abgekommen war. Aber nach kurzer Zeit musste er sich eingestehen, dass ihn diese Amateure ausgetrickst hatten. Wütend über seine eigene Unfähigkeit griff er zum Telefon, um seinen Auftraggebern von der missglückten Verfolgung zu berichten.

12.

Kommissar Wirthenstätter raste mit Blaulicht auf dem Dach seines Zivilfahrzeuges in hohem Tempo Richtung Salzburg.

Er fluchte innerlich noch immer, da er weder Simon noch Wolfgang Eisl am Telefon erreichen konnte. Am meisten verfluchte er sich aber selbst, weil er den Klinikpersonalleiter nicht sofort zu sich auf die Wachstube geholt hatte. So wie sich die ganze Sache nun entwikkelte, hatte er das ungute Gefühl, dass die beiden in großer Gefahr schwebten und wenn Gudrun Ranke sich nicht tatsächlich selbst umgebracht hatte, auch das Leben der beiden Eisls nicht mehr sicher war.

Noch in Wien hatte er sofort eine Großfahndung einleiten lassen. Eine Handypeilung ergab, dass sich das Gerät von Wolfgang Eisl in der Gegend Leopoldskron-Moos befinden musste. Wie vermutet, handelte es sich dabei um die Adresse des jungen Arztes. Auch für dessen Telefon hatte er eine Handypeilung angeordnet, jedoch ohne Erfolg.

Unter höchster Dringlichkeit schickte er daraufhin einen Streifenwagen zum Haus Eisl Juniors. Es bedurfte eines langen Gespräches mit dem Staatsanwalt, bis er die Genehmigung bekam, bei Bedarf auch mit Gewalt in die Wohnung einzudringen.

Nachdem sich vor Ort niemand meldete, öffnete eine dazugekommene Spezialeinheit die Eingangstür gewaltlos. Wirthenstätter war über Telefon mit dem Einsatzleiter verbunden und hörte sich gespannt dessen Bericht an. Zwar stand das Auto Wolfgang Eisls in der Einfahrt. Aber weder der Vater, noch der Sohn waren dort anzutreffen. Das Bauchgefühl des Kriminalhauptkommissars meldete sich wieder zu Wort und verhieß nichts Gutes.

Kurz darauf wurde es wie so oft bestätigt. Die Einsatzkräfte hatten ein Handy auf dem Küchentisch entdeckt und als das von Wolfgang Eisl identifiziert. Auf Wirthen-

stätters Anweisung hin ging der Leiter des Einsatzkommandos die letzten Telefonate durch. Nachdem sich keine Auffälligkeiten zeigten, öffnete er die SMS-Eingänge. Diese förderten einen Volltreffer zu Tage. Laut und deutlich las der Beamte am Telefon die Morddrohung an Eisl Senior und seinen Sohn vor.
In Wirthenstätter keimte eine vage Hoffnung auf, als er sich nach dem Absender erkundigte. Umso verwirrter war er, als ihm der Einsatzleiter den Namen ′Simon′ nannte. Er glaubte, sich verhört zu haben und erkundigte sich ein zweites Mal, was aber nichts an der Tatsache änderte. Dem Kommissar, der sich nun bereits kurz vor den Toren Salzburgs befand, begann der Fall langsam unheimlich zu werden.

13.

Die beiden Eisls und Clara Steger saßen noch immer im schwarzen Golf, der nun, zumindest vorläufig sicher, in der Tiefgarage des Mehrfamilienhauses parkte. Alle drei waren voller Adrenalin, nachdem sie die Verfolgungsjagd mit dem dunklen Audi nicht nur überstanden, sondern auch noch gewonnen hatten.
„Alle Achtung, Frau Steger", fand Wolfgang Eisl als Erster das Wort. „Wie auch immer Sie das gemacht haben, Sie waren echt gut!"
Die Therapeutin, deren Hände noch immer wie festgeklebt auf dem Lenkrad lagen, antwortete mit zittriger Stimme.

„Ich habe ja gesagt, ich kenne die Gegend wie meine Westentasche. Immerhin bin ich hier aufgewachsen."
„Als Sie in der Kurve einfach gerade aus gefahren sind, dachte ich mir schon, es wäre vorbei", meldete sich nun auch der junge Eisl zu Wort.
„Ein bisschen Glück war schon dabei", gab Steger erleichtert zu. „ Der alte Forstweg, den ich hinaufgefahren bin, existiert schon längere Zeit nicht mehr. Die Hütte am oberen Ende ist vor Jahren abgebrannt. Ein Ortsunkundiger sieht daher wohl nichts als Gestrüpp und Bäume. Nur weil ich hier ab und zu parke, wenn ich nach einer Sitzung wandern oder spazieren gehe, weiß ich, dass sich darunter noch ein befestigter Weg befindet."
„Dass Sie aber noch dazu so geistesgegenwärtig waren, sofort das Licht abzuschalten, war wirklich große Klasse."
Die Therapeutin versuchte nicht einmal, die Freude über die Anerkennung Simon Eisls zu verbergen.
Selbstzufrieden ließ sie die gelungene Flucht nochmals in ihren Gedanken vorüberziehen, als sie Wolfgang Eisl aus dem Wagenfond dabei abrupt unterbrach.
„Wir sollten uns nun aber Gedanken machen, wie es weitergeht. Zuvor brauche ich aber dringend einen Kaffee. Vielleicht haben Sie ja so etwas in Ihrer Seminarwohnung, Frau Steger?"
Die Therapeutin versprach eine ganze Auswahl von Kaffeesorten und führte die beiden Begleiter in ihre Wohnung. In der gewohnten Umgebung überkam sie wieder ein Gefühl von Sicherheit, das langsam auch auf Wolfgang und Simon Eisl übersprang.

Währenddessen hatte der Slowene den kleinen Forstweg in der Kurve entdeckt. Mit der Taschenlampe leuchtet er die Gegend aus und fand, wie vermutet, frische Reifenspuren am Boden. Die umgeknickten Äste bestätigten ihn darin, dass die drei ihn tatsächlich an der Nase herumgeführt hatten. Wütend hob er einen Stein auf und warf ihn in den Wald, aus dem es dunkel widerhallte.

Er hatte sich wie ein blutiger Anfänger gefühlt, als er seine Auftraggeber angerufen und ihnen den missglückten Verfolgungsversuch gestanden hatte. Es verwunderte ihn nicht, dass sie ihm daraufhin ihr Misstrauen ausgesprochen hatten. Er musste seinen Fehler nun irgendwie wieder gut machen. Im Moment blieb ihm jedoch nichts anderes übrig, als ziellos in der Gegend herumzufahren, angewiesen auf den Zufall, den schwarzen Golf irgendwo zu entdecken.

Das Ganze war für ihn nun zu einer persönlichen Angelegenheit geworden. Diese Schande würde er nicht so einfach auf sich sitzen lassen. Irgendwann würde er die beiden Eisls und ihre verdammte Therapeutin ausfindig machen. Und dann würden sie für seine Schmach bezahlen müssen.

14.

Schwester Nikola fuhr wie gewöhnlich den Bergkamm entlang zu ihrem Arbeitsplatz auf der Alm. Die Idee vom Vorabend hatte sich in ihr festgesetzt. Und sie war entschlossen, sie auch in die Tat umzusetzen. Zuvor hatte sie in der Trafik noch einen Einkauf getätigt. Obwohl sie seit Jahren bereits nicht mehr rauchte, konnte eine Packung Zigaretten nicht schaden.

Auf dem Nebensitz lag ein Briefkuvert, das sie nun vorsichtshalber in das Handschuhfach ihres Autos neben die Zigarettenpackung legte. Dabei fiel ihr auf, dass sie vor Nervosität zitterte. Das durfte der Wachmann in der Klinik auf keinen Fall bemerken. Sie musste vollkommen normal wirken und keine Aufmerksamkeit erregen. Dann würde sie ohne Probleme durch die Sicherheitskontrolle kommen. Sie war nun schon zu lange dabei, als dass sie noch genau abgetastet und kontrolliert werden würde. Das hoffte sie zumindest.

Die Krankenschwester parkte ihren Wagen etwas unterhalb des großen Gebäudes und atmete noch ein paar Mal tief durch. Dann stieg sie aus dem Auto und ging mit festen Schritten auf das angebliche Gehöft zu. Von außen wirkte es vollkommen unscheinbar. Die alten Gemäuer strahlten einen gewissen Frieden und eine harmlose Natürlichkeit aus. Kein Mensch konnte ahnen, dass sich unter dem Gebäude eine geheime Versuchklinik befand. Selbst beim Eintreten in das Gebäude erwartete den Besucher eine bäuerliche Stube, die über den wahren Zweck des Baus gekonnt hinwegtäuschte. Er wirkte wie viele andere Bauerhäuser in der Umgebung. Im Extremfall würden fremde Leute sogar hier übernachten können, ohne etwas von den mysteriösen Vorgängen nur wenige Meter unter ihren Füßen mitzubekommen.

Schwester Nikola wusste aber natürlich von den versteckten Kameras, die ihre Bewegungen verfolgten. Gleich am Anfang hatte ihr einer der Wachmänner die komplexen Mechanismen erklärt, die es den Sicherheitsleuten möglich machten, jeden Zentimeter der Umgebung genau zu beobachten. Noch Wochen später fühlte sie sich damals verfolgt und musste sich erst an die ständige Kontrolle gewöhnen.

Nun näherte sie sich dem Überwachungsraum, den jeder passieren musste, der in die Kellerabteile gelangen wollte. Erleichtert registrierte sie, dass Mark Kiebler an diesem Tag Dienst hatte. Die beiden kannten sich bereits seit einigen Jahren und er würde sie nicht allzu genau durchsuchen. Dennoch merkte sie, wie ihr Puls stieg, als sie ihre Sachen zur Überprüfung in eine Wanne aus Plastik legte, die eine gewisse Ähnlichkeit mit denen am Flughafen hatten.

Ihr Plan konnte bereits jetzt zum Scheitern verurteilt sein, wenn der Sicherheitsbeamte ein bisschen näher hinsah. Kiebler jedoch tat das, was Schwester Nikola erwartete. Er untersuchte die Gegenstände zwar routiniert nach den vorgegebenen Anweisungen, jedoch hegte er keinen Verdacht und war nicht allzu genau dabei. Das Herz der Krankenschwester pochte, als er die Plastikflasche in die Hand nahm und schüttelte, bevor er sie zurück in die Wanne legte und diese mit einem Lächeln Schwester Nikola zuschob.

Sie bedankte sich höflich, wie jeden Tag, und wünschte ihm einen angenehmen Dienst. Danach stieg sie die Treppen in den Keller hinunter. Dort angekommen atmete sie kurz tief durch. Den ersten Teil ihres Planes hatte sie geschafft.

15.

Auch in der Seminarwohnung Clara Stegers war ein Aufatmen deutlich zu spüren. Das Gefühl der Sicherheit und der frische Kaffee, den die Therapeutin aufgesetzt hatte, bewirkten eine sichtliche Entspannung. Wieder und wieder ließen die drei die Verfolgungsjagd Revue passieren und ab und zu kam sogar jemandem ein erleichtertes Lachen aus.

Dieses Mal war es jedoch Simon Eisl, der das Gespräch wieder auf die aktuelle Lage zurückführte.

„Ich glaube zwar, dass wir hier vorläufig sicher sind. Aber was sollen wir jetzt tun? Wir können uns nicht ewig verstecken. Vielleicht sollten wir doch die Polizei informieren?"

„Es wäre wahrscheinlich das Beste für uns", pflichtete ihm sein Vater bei. „Aber ich weiß nicht, ob die Polizei uns ausreichend schützen kann. Meine ehemalige Pflegeleiterin Gudrun geht mir nicht aus dem Kopf. Ich kenne sie einfach zu lange und kann mir nicht vorstellen, dass sie sich selbst umgebracht hätte. Sie wollte aussagen. Und nun ist sie tot. Ich glaube, wir haben es mit eiskalten Mördern zu tun! Es geht nicht nur um mein Leben, sondern auch um deines, Simon. Und natürlich auch um Ihres, Frau Steger. Wir müssen also wirklich gut überlegen, bevor wir eine Entscheidung treffen."

„Wahrscheinlich werden wir die Polizei rufen müssen und dann darauf vertrauen, dass sie die richtigen Schritte in die Wege leiten", entgegnete die Therapeutin nachdenklich. „Sie haben mir ja bereits von einem Beamten erzählt, mit dem Sie beide schon Kontakt aufgenommen haben?"

„Kommissar Wirthenstätter", antwortete Simon Eisl. „Ich glaube, er ist sogar Hauptkommissar."

Sein Vater nickte bestätigend.

„Er klang sehr kompetent am Telefon. Ich habe sogar seine Nummer dabei!"

Wolfgang Eisl durchwühlte seine Taschen und wurde immer fahriger. Nachdem er alles mehrmals durchsucht hatte, wurde ihm klar, dass er sein Handy nicht mehr bei sich hatte.

„Ich habe es vermutlich bei dir zu Haus liegen gelassen", erklärte er seinem Sohn verärgert.

„Dann haben wir nur mehr mein Telefon", stellte Steger fest, „nachdem das Handy Ihres Sohnes in die Hände dieses Unbekannten gefallen ist. Aber die Nummer des Kommissars werden wir auch so herausfinden. Ich habe mir nur die ganze Zeit noch etwas anderes überlegt."

Die Therapeutin machte eine kurze Pause, bevor sie ihre Gedanken in Worte fasste und sich an den Vater wandte.

„So wie es aussieht, sind Sie mit ihren Nachforschungen auf einen, wie ich annehme, Ring von Kindesentführern gestoßen, die uns jetzt auf den Fersen sind."

„Es sieht tatsächlich so aus", bestätigte Wolfgang Eisl.

An Simon Eisl gewandt, fuhr sie fort.

„Ich frage mich aber auch, was Sie für eine Rolle in diesem ganzen Gewirr spielen?"

Der junge Arzt hatte bereits eine Vorahnung, worauf seine Therapeutin nun hinauswollte.

„Sie hatten mit den Untersuchungen Ihres Vaters nichts zu tun. Und trotzdem wurde ein Anschlag auf Sie verübt", setzte Steger ihre Überlegungen fort. „Wenn ich zeitlich richtig informiert bin, erfuhren Sie erst Tage nach Ihrem Unfall von den Entdeckungen bezüglich der Babyklappe?"

„Und trotzdem bin ich es, der von misshandelten Babys träumt", ergänzte Simon Eisl die Ausführungen Clara Stegers. „Ein seltsamer Zufall. Oder es gibt einen Zusammenhang ..."

„Genau daraufhin wollte ich hinaus", bestätigte ihn die Therapeutin schon fast entschuldigend. „Und ich würde mir gerne darüber noch etwas Klarheit verschaffen, bevor wir die Polizei einschalten."
Ihr Klient und sie hatten dieselben Gedankenwege, denn Simon Eisl antwortete matt: „Wo haben Sie in dieser Praxis Ihre Couch, Frau Steger?"

16.

Es würde schwer werden für die Therapeutin unter diesen Umständen eine beruhigende Situation zu schaffen, die es ihr ermöglichte, Simon Eisl ein weiteres Mal in Trance zu versetzen. Natürlich waren die nötigen Grundvoraussetzungen auch in dieser Wohnung vorhanden. Die Praxis war den Wohnräumen angeschlossen. Die berühmte Couch stand, nach esoterischen Kriterien bemessen, optimal im Raum. Für die Beschallung sorgten eine kleine Anlage und genügend Auswahl an beruhigender Musik. Die passenden Duftarrangements sorgten ebenfalls für eine entspannte Atmosphäre.
Aber was nutzte das alles, wenn der Klient, den es galt, unter Hypnose zu setzen, verfolgt und mit dem Tode bedroht wurde? Und wenn die Therapeutin dieses Los auch noch teilte?
Dennoch versuchten sich die beiden durch ein lockeres Gespräch von den Gegebenheiten abzulenken. Wolfgang Eisl, der dem Ganzen etwas skeptisch gegenüber stand, hatten sie in die Küche verbannt.

Nach und nach begannen die beruhigenden Maßnahmen zu wirken. Die Therapeutin und ihr Klient kamen immer mehr von der vorherrschenden Situation ab, sprachen über alltägliche Dinge und unterhielten sich schließlich ausführlich übers Kochen. Dennoch verlor Clara Steger das Ziel nicht außer Augen. Als sie das Gefühl hatte, den richtigen Zeitpunkt gefunden zu haben, gab sie Simon Eisl die Anweisung, sich nun auf die Couch zu legen.
Der junge Arzt fixierte, wie bereits einige Tage zuvor, den Blick auf das kleine Pendel und versuchte, sich auf die sanfte Stimme der Therapeutin einzulassen.

Zuerst wollte es ihm nicht gelingen. Die Erinnerung an die erste Hypnosesitzung wirkte wie eine Schranke in seinem Kopf. Doch langsam ließ der Widerstand nach und er begann, sich zu entspannen und wegzugleiten. Seine Augen flatterten noch kurz, bevor sie sich unwillkürlich schlossen und Clara Steger vorsichtig mit der Hypnose beginnen konnte.
Zuerst stellte sie harmlose Fragen, um sich zu versichern, dass Simon Eisl in einem entspannten Zustand war und auch blieb. Nur vorsichtig näherte sie sich den Erinnerungen ihres Klienten vor dem Unfall. Sie wollte dieses Mal weiter vorne beginnen als zuletzt. Stück für Stück füllte sie dabei die Lücken etwas auf.
Zuerst schien alles gut zu gehen. Simon Eisl gab in seiner Trance ruhig Auskunft, ohne dass sie einen erhöhten Stress feststellen konnte. Doch je weiter sie in den Erinnerungen vordrang, desto mehr stiegen der Blutdruck und der Puls ihres Klienten. Normalerweise hätte sie nun abgebrochen, aber eine innere Stimme sagte ihr, dass sie kurz vor einem wichtigen Punkt

standen, der ihnen helfen konnte, die ganze Situation besser zu verstehen.
Die Therapeutin sollte recht behalten. Doch traf sie die Information wie eine Faust ins Gesicht. Es dauerte daher einige Augenblicke, bevor sie sich wieder ihrem Patienten zuwenden konnte. Es war höchste Zeit, ihn wieder aus der Trance zu holen. Eisl hatte bereits heftig zu zucken begonnen.

Wolfgang Eisl saß währenddessen in der Küche. Nachdem er sich noch weitere zwei Tassen Kaffee eingeschenkt hatte, war er immer unruhiger geworden. Das Handy der Therapeutin lag vor ihm auf dem Tisch. Er hatte es wieder und wieder betrachtet, ehe er es schließlich in seine Hand nahm. Je länger er auf Clara Steger und seinen Sohn wartete, desto sicherer wurde er, dass er etwas unternehmen musste. Er entriegelte schließlich die Tastensperre des Telefons. Nach kurzem Zögern wählte er eine der wenigen Nummern, die er auswendig wusste.

17.

Zajc hatte seinen Wagen auf einen Parkplatz in der Ortsmitte von Thalgau gestellt, nachdem er missmutig feststellen musste, dass das Glück nicht auf seiner Seite war. Der schwarze Golf der Therapeutin war nirgends zu entdecken und die Verfolgten konnten bereits sonstwo sein. Er würde seine Aktion wohl abbrechen müssen.

Zuvor hatte er sich beim Italiener eine Pizza bestellt, an der er nun lustlos in seinem Auto herumkaute. Er wollte sich gerade ein weiteres Stück in den Mund schieben, als sein Handy läutete. Zajc zögerte nur kurz, bevor er das Telefonat annahm.

Konzentriert hörte er seinem Gegenüber zu, bevor er sich einen Stift und einen Zettel aus dem Seitenfach seines Autos nahm und eine Adresse darauf notierte. Als der Anrufer aufgelegt hatte, grinste der Slowene zufrieden. Nun würde er seinen Auftrag doch noch ausführen können. Und dieses Mal würde es ihm sogar Freude bereiten.

Mit einer lässigen Handbewegung warf er den Rest der Pizza in die Schachtel und diese auf den Boden. Dann tippte er die Adresse in sein Navigationsgerät. In zwölf Minuten sollte er am Zielort sein. Er wollte keine Zeit mehr verlieren und steckte den Schlüssel ins Zündschloss. Drei Minuten später zeigte das Navi nur mehr sieben Minuten bis zur Ankunft an.

18.

Die Auskünfte der Telefongesellschaft und der Bank hatten nur wenige weitere Informationen über den Journalisten hervorgebracht. Fest stand nun aber, dass Joachim Kroll, von dem immer noch jegliche Spur fehlte, unregelmäßig höhere Zahlungen erhalten hatte, deren Herkunft nicht nachvollzogen werden konnten. Die Suche endete jedes Mal bei einem dubiosen Bankinstitut in Russland, von dem aus die Zahlungen anscheinend getätigt worden waren. Bis jetzt konnten die Beamten aber nicht feststellen, ob dieses Institut den Auftraggeber nicht nennen wollte oder es tatsächlich nicht konnte. Der Akt wurde daher den russischen Behörden übergeben, wobei sich Wirthenstätter kein besonderes Ergebnis davon versprach.

Mit den Telefonnummern verhielt es sich ähnlich. Zwar konnte nachgewiesen werden, dass Kroll Gespräche mit Spitälern, Polizei, Suchtstationen und Abtreibungskliniken geführt hatte. Aber die Nummer von wirklichem Interesse, zu der der Journalist immer wieder Kontakt aufgenommen hatte, blieb im Verborgenen. Es handelte sich um einen Anschluss aus dem Osten. Die Beamten konnten zwar den Anbieter ausfindig machen, doch war es ein Wertkartenhandy, das vermutlich bereits entsorgt worden war. Zumindest meldete sich unter dieser Verbindung seit zwei Tagen niemand. Weiters hatte Wirthenstätter von den Kollegen aus Wien die Nachricht erhalten, dass am Pullover von Gudrun Ranke Faserspuren gefunden worden waren, die sich mit keinem ihrer Kleidungsstücke deckten. Natürlich konnten diese auch in einer überfüllten U-Bahn oder in einem Supermarkt auf ihr Oberteil gekommen sein. Doch die Beamten der Spurensuche sprachen von einer hohen Wahrscheinlichkeit, dass eine Person engeren Körperkontakt mit ihr gehabt haben musste, indem er sie zum Beispiel festgehalten hatte. Da ein Mordverdacht im Raum stand, würden sie daher weiter nach Indizien suchen.

Wirthenstätter hatte also nicht viel in der Hand. Seine Befürchtung bestätigte sich immer mehr, dass sie es hier mit einer professionellen Bande zu tun hatten, die auch vor Mord nicht zurückschreckte.

Umso dringlicher versuchte er nun, dem Staatsanwalt klar zu machen, dass Simon Eisl und sein Vater in Lebensgefahr schwebten. Eine Fahndung einzuleiten war noch eine einfache Sache, die Medien offiziell mit hineinzuziehen schloss der Staatsanwalt jedoch zu diesem Zeitpunkt der Ermittlungen kategorisch aus.
Dem Kommissar waren also wieder einmal die Hände gebunden. Er konnte nur abwarten, was als nächstes passieren würde.

19.

Simon Eisls Erwachen aus der Trance war noch schlimmer als beim letzten Mal. Schweiß rann ihm über das Gesicht und seine Hände zitterten. Der Blick auf seine Therapeutin machte seinen Zustand nur schlimmer. Sie wirkte nervös und unsicher und wusste nicht, ob sie ihrem Klienten bereits die durch die Hypnose gewonnenen Informationen mitteilen konnte. Doch die Zeit drängte. Daher bat sie Simon Eisl, von der Couch aufzustehen und gegenüber von ihr Platz zu nehmen. Mit schwacher Stimme begann sie dem jungen Arzt die wichtigsten Dinge zu erzählen.
„Es tut mir leid, dass Sie die Technik der Hypnose auf so erschreckende Weise kennen lernen müssen, Herr Eisl. Doch wie ich die Situation einschätze, befinden wir uns in einer äußerst gefährlichen Lage. Sie haben in den Erzählungen über Ihre Erinnerungen während des Trancezustandes wieder extrem klar gewirkt. Ich

für meine Seite neige fast dazu, Ihren Ausführungen Glauben zu schenken. Aber beginnen wir von vorn. Ich versuche mich kurz zu halten."
Eisls Puls hatte sich mittlerweile etwas beruhigt. Gespannt und ängstlich wartete er darauf, dass Clara Steger zu erzählen begann. Die Therapeutin schien allerdings mit den Worten zu ringen, bevor sie fortfuhr.
„Ich komme gleich zur Sache. Sie haben wieder von diesem klinikähnlichen Gebäude gesprochen. In Ihren Erzählungen kam immer deutlicher heraus, dass es sich dabei um eine Art Labor handelt, in dem an Neugeborenen und Kleinkindern irgendwelche Versuche vorgenommen werden. Sie konnten dabei bis ins Detail die einzelnen Räume beschreiben. Zum Beispiel den Raum, in dem sich der kleine Junge befand, von dem Sie letztes Mal schon berichtet haben. Er war einer Intensivstation sehr ähnlich, mit hochmodernen Geräten zur Erhaltung der Lebensfunktionen. Der kleine Bursche war aber nach Ihrer Einschätzung nicht mehr weit weg vom Tod."
Clara Steger hielt kurz inne, bevor sie fortfuhr.
„Soweit sind wir aber letztens schon gekommen. Nur dieses Mal ist eine Person in ihren Erzählungen aufgetaucht, die als eine Art Führer durch das Gebäude fungiert hat. Eine Person, die Sie leider sehr gut kennen."
Simon Eisl sah die Therapeutin fragend an. In seinem Gehirn wanderte binnen kurzer Zeit sein gesamter Bekanntenkreis durch. Zuletzt kam er auf einen Namen.
„Dr. Volker Gruber?" stieß er hervor.
„Nein, Herr Eisl." Die Stimme der Therapeutin wurde immer leiser. „Die Person war Ihr Onkel. Dr. Georg Eisl."

20.

Die drei älteren Herren trafen sich im Konferenzraum zu einer Krisenbesprechung. Georg Eisl, der Sprecher der Gruppe, hatte die anderen beiden eingeladen. Sofort, nachdem sie eingetroffen waren, eröffnete er die außertourliche Sitzung.

„Ich habe euch zu diesem dringlichen Zusammentreffen gerufen, weil ich nun erfahren habe, wo die von uns Gesuchten stecken."

Die beiden älteren Herren sahen ihren Kompagnon erstaunt an.

„Man könnte es Ironie des Schicksals nennen", fuhr Eisl fort. „Mein Bruder selbst hat mich angerufen und mir mitgeteilt, wo sie sich versteckt halten. Er hat mir die genaue Adresse gegeben. Ich habe ihm gesagt, dass ich gleich vorbeikomme, um ihnen zu helfen."

Der 97-Jährige nickte ihm anerkennend zu. Georg Eisl versuchte, möglichst teilnahmslos zu bleiben und fuhr trocken mit seinem Bericht fort.

„Er hat mir weiters erzählt, dass Simon und seine Therapeutin in der gleichen Wohnung gerade eine Hypnosesitzung abhalten. Wenn sie es wirklich schafft, seine Erinnerungen hervorzuholen, müssen wir schnell handeln!"

„Weiß Zajc schon Bescheid?" fragte der Älteste nach.

„Ich habe ihn sofort informiert, nachdem ich euch angerufen habe. Er ist bereits unterwegs."

„Hoffentlich verbockt er es dieses Mal nicht", wandte der Jüngste der drei ein. „Aber selbst wenn er sie erwischt, wird die Polizei bald nach ihnen fahnden. Der Tod von Gudrun Ranke hat schon genug Staub aufgewirbelt. Unser Projekt ist in großer Gefahr. Wenn ihr

mich fragt, sollten wir sofort Plan B umsetzen."
„Wir können es uns nicht leisten, überstürzt abzubrechen. Die Geldgeber sitzen uns im Nacken und erwarten Ergebnisse", erwiderte Eisl. „Wir brauchen zumindest zwei bis drei weitere Tage, um die wichtigsten Untersuchungen abzuschließen. Aber du hast recht. Wir sollten mit der Umsiedelung so schnell wie möglich beginnen. Der neue Standort in Ungarn ist bereits adaptiert und jederzeit einsatzbereit."
„Ich glaube zwar nicht, dass wir entdeckt werden, doch die Sicherheit des Projekts darf auf keinen Fall gefährdet werden", unterstützte der 97-Jährige den Entschluss. „Wir werden heute noch die Verlegung des Großteiles der Kinder in die Wege leiten."
„Was ist mit den Kindern 684, 753 und 786?", erkundigte sich der 67-Jährige.
„Wie besprochen, führen wir die letzten Untersuchungen noch auftragsgemäß durch. Für die Übersiedelung kommen sie nicht mehr in Frage", gab ihm der 97-Jährige zur Antwort.
Allen Anwesenden war klar, dass dies das Todesurteil für die drei Kinder bedeutete.

21.

Simon Eisl beobachtete besorgt die Reaktion seines Vaters, als sie ihm von den Ergebnissen der Trance berichteten. Die Farbe wich Wolfgang Eisl im selben Moment aus dem Gesicht und zitternd setzte er sich auf einen Stuhl. Es dauerte einen Moment, bevor er die Worte formen konnte.

„Ich habe Georg angerufen, während ihr die Hypnose durchgeführt habt."

Er starrte in die erschrockenen Gesichter seines Sohnes und der Therapeutin.

„Verdammt, er ist mein Bruder! Ich dachte, er könnte uns helfen. Was sollte ich denn machen?"

Die Therapeutin reagierte als Erste.

„Was haben Sie ihm gesagt?"

„Dass Sie gerade mit Simon eine Sitzung abhalten", entgegnete Wolfgang Eisl schwach. „Und wo er uns finden kann. Er ist bereits auf dem Weg hierher."

„Wir müssen sofort weg von hier", drängte Simon Eisl. „Wenn es stimmt, dass mein Onkel in diese Kindesentführung verwickelt ist, sind wir hier nicht mehr sicher!"

Clara Steger eilte bereits in die Küche, um den Autoschlüssel zu holen. Im Vorbeigehen streifte sie den Mantel über. Auch Simon Eisl bereitete sich zum Aufbruch vor. Nur sein Vater saß regungslos und apathisch da und schien unfähig, einen Schritt zu tun.

Clara Steger rüttelte ihn an den Schultern und rief seinen Namen. Nachdem Wolfgang Eisl dies teilnahmslos über sich ergehen ließ, versetzte sie ihm einen leichten Klaps, der ihn schließlich aus der Lethargie holte. Wie mechanisch befolgte er die Anweisungen der Therapeutin und zog sich seinen Mantel und Schuhe an.

In der Hektik des Durcheinanders registrierte keiner das klickende Geräusch an der Wohnungstür und den Türgriff, der sich langsam und geräuschlos nach unten senkte.

22.

Schwester Nikola versuchte, möglichst unauffällig zu wirken und betrat höflich grüßend ihren Arbeitsplatz. Niemand schien ihr größere Beachtung zu schenken. So fühlte sie sich etwas sicherer, als sie den zweiten Teil ihres Planes in Angriff nahm.
Zuvor machte sie jedoch einen Routinegang durch ihre Station und schaute nach den Säuglingen. Im Moment war alles in Ordnung, soweit man in diesem Keller davon sprechen konnte. Die meisten der Kleinen schienen noch friedlich zu schlafen. Nur die Nummer 786 hatte die Krankenschwester bemerkt und schien ihr fröhlich zuzulächeln. Ein Lächeln, das sie in ihrem Vorhaben nur bestätigte.
Schwester Nikola machte sich routinemäßig an die Zubereitung des Muttermilchersatzes. Immer wieder warf sie einen Blick auf ihre drei Kolleginnen, die jedoch in ihre Arbeit vertieft waren und ihr keine Aufmerksamkeit schenkten. Sie wartete geduldig, bis sich die anderen Krankenschwestern zu den Kindern begaben und sie sich alleine im Vorbereitungsraum befand. Dann holte sie die Plastikflasche aus ihrer Tasche und öffnete sie vorsichtig. Sofort stieg ihr der Geruch des Feuerzeugbenzins in die Nase, das sie am Vortag in den undurchsichtigen Behälter umgeleert hatte. Noch einmal musste sie die brennbare Flüssigkeit umfüllen, um an das Feuerzeug heranzukommen, das sie in Nylonfolie verpackt an die Innenseite der Flasche befestigt hatte. Erleichtert stellte sie fest, dass das Klebeband gehalten und die Schüttelkontrolle Kieblers überstanden hatte.

Schwester Nikola versteckte das Benzin und das Feuerzeug in der hintersten Ecke einer Lade. Dann ging sie ihrer Arbeit nach und fütterte die Kleinen. Zuletzt nahm sie die Nummer 786 auf den Arm.
Sie tat, als würde sie ihn beruhigen wollen und kehrte zurück in den Vorbereitungsraum. Aus einer weiteren Lade zog sie eine Ampulle mit einer milchigen Flüssigkeit heraus, die sie am Tag zuvor vorbereitet hatte. Mit einer Pipette tropfte sie die Essenz in die Augen des Babys. Sie konnte nur ahnen, wie schmerzhaft dies für den Kleinen war.

Jetzt musste alles schnell gehen. Noch einmal versicherte sie sich, dass ihre Kolleginnen beschäftigt waren. Als sie nichts Verdächtiges bemerken konnte, steckte sie sich zuerst eine Zigarette an, die sie im Inneneinschlag ihrer Hose verborgen hatte. Dann verteilte sie das Feuerzeugbenzin im Abfalleimer, zündete ein Blatt Papier an den Enden an und warf es hinein. Sofort züngelten die Flammen hoch. Schwester Nikola rauchte an der Zigarette, sah zu und wartete, bis sich das Feuer etwas ausgebreitet hatte. Dann erst steckte sie das restliche Feuerzeugbenzin in ihre Manteltasche, warf den Zigarettenstummel in den Papierkorb und ging in den Flur. Dort schlug sie mit dem dafür vorgesehenen, kleinen roten Hammer das Glas ein und löste so den Brandalarm aus.

Mittlerweile hatten sich die Augen des Babys und die Haut um die Augen herum aufgrund der beißenden Essenz bereits tiefrot gefärbt und Nummer 786 schrie aus Leibeskräften.

Mit dem Kleinen im Arm rannte sie zur Kellertreppe, an der sich bereits die ersten Mitarbeiter nach oben drängten, während sich der Sicherheitsdienst mit den Feuerlöschern bereit machte, nach unten zu stürmen. Nun musste sie an der vorletzten Hürde vorbei, dem Sicherheitsmann Mark Kiebler, der trotz des Alarms die Aufgabe hatte, die herauskommenden Mitarbeiter zu überprüfen. Wie erwartet wollte er die Krankenschwester mit dem Kleinkind nicht vorbei lassen.
„Sie können mit dem Baby nicht hinaus, Schwester Nikola", klärte er sie auf.
„Wir haben einen Brandalarm auf unserer Station", entgegnete sie aufgeregt.
„Das weiß ich", antwortete der Sicherheitsbeamte schroff. „Aber laut Vorschriften müssen die Kinder in den unteren Feuerschutzraum gebracht werden und dürfen nicht hinaus!"
Schwester Nikola setzte nun alles auf eine Karte und zeigte Mark Kiebler das Gesicht des Kleinkindes, dessen Augen nun bereits vollkommen geschwollen waren.
„Nummer 786 hat schwere Verätzungen an den Augen erlitten. Ich brauche jetzt keinen Sicherheitsraum, sondern frische Luft und Wasser! Lassen Sie mich nur kurz zum Bach gehen und ihm die Augen auswaschen, danach komme ich gleich wieder zurück!"
Der Wachbeamte schien nicht nachgeben zu wollen.
„Verdammt Kiebler, wie lange kennst du mich jetzt schon!?", schrie ihn Schwester Nikola verzweifelt an.
Der Sicherheitsmann zögerte noch kurz, ehe er die Krankenschwester passieren ließ. Am Ausgang drängten bereits andere Mitarbeiter, die vor dem ausgebrochenen Feuer ins Freie flüchten wollten. Kiebler hatte

eine Menge zu tun und konnte sich nicht mit der Pflegerin und dem Kind aufhalten.
Schwester Nikola hingegen rannte so schnell sie konnte zu ihrem Auto und hoffte, dass die Wachbeamten abgelenkt waren und ihre Flucht nicht auf dem Monitor verfolgten.

23.

Clara Steger stolperte einen Schritt zurück. Vor ihr stand ein großer Mann. Sie kannte sein Gesicht zwar nicht, wusste aber sofort, dass es sich um ihren Verfolger handelte. Panisch starrte sie in die Mündung einer Pistole. Die Mundwinkel des Mannes verzogen sich zu einem süffisanten Lächeln.
„Frau Steger, schön Sie kennenzulernen. Und die Herren Eisl haben sich auch eingefunden!"
Erst jetzt registrierte die Therapeutin, dass die beiden anderen genauso regungslos hinter ihr standen.
„Sie hätten es ja beinahe geschafft, mich abzuhängen. Aber dann hat ja Herr Eisl netterweise seinen Bruder angerufen, der zufälligerweise einer meiner Auftraggeber ist", fuhr Janez Zajc amüsiert fort. Der Slowene machte einen Schritt auf die drei zu, die unsicher zurückwichen.
„Jetzt möchte ich Sie alle ins Wohnzimmer bitten."
Zajc drehte bei diesen Worten Clara Steger den Rücken zu. Die Therapeutin blickte sich gehetzt um und entdeckte auf einem Stapel Papiere einen Briefbeschwerer.

Vorsichtig nahm sie den massiven Gegenstand in die Hand. Es konnte von Vorteil sein, dass sich der Verbrecher auf die männlichen Anwesenden konzentrierte und sie nicht im Auge behielt. Konzentriert folgte sie daher den Bewegungen des Mannes und wartete auf den Moment, zuschlagen zu können.

Gerade wies Zajc Simon Eisl an, sich hinzusetzen. Noch immer stand er mit dem Rücken zu ihr. Steger nutzte die Gelegenheit und holte zum Schlag aus. Sie sah vor ihrem inneren Auge bereits den schweren Gegenstand auf den Kopf des Kriminellen aufschlagen.

Dieser drehte sich aber blitzschnell um, schlug ihr mit der Linken den Briefbeschwerer aus der Hand und zertrümmerte ihr mit dem Revolver in der Rechten mit einem kurzen, gezielten Hieb das Nasenbein.

Zajc stellte sich dicht vor sie hin. Hinter seinem kalten Lächeln spiegelte sich Befriedigung. Dieses Mal hatte er die Therapeutin hereingelegt. Sein Auftrag war es zwar gewesen, alle drei möglichst unversehrt am angegebenen Treffpunkt abzuliefern. Mit dieser Finte hatte er sich aber eine Möglichkeit geschaffen, sich für seine Schmach zu revanchieren.

Der Slowene bückte sich hinunter und zischte der Therapeutin ins Ohr: „Vielleicht kann Sie Ihr junger Freund ja verarzten. Obwohl ich mir nicht vorstellen kann, dass Sie Ihr hübsches Näschen noch brauchen werden."

Dann wandte er sich den beiden Eisls zu.

„Ich würde Ihnen nicht raten, auf dumme Gedanken zu kommen." Der Blick auf die blutende Therapeutin ließ keine Unklarheiten entstehen.

„Frau Steger wird das Steuer des Autos übernehmen." Man merkte Zajc nun die Lust an der Sache an. „Wenn

Sie sich mit Ihrer Hilfe, Herr Dr. Eisl, die Nase etwas zurechtgerückt hat. Und im Anschluss machen wir einen netten, kleinen Familienausflug."
Die letzten Worte waren an Simon Eisl gerichtet, der fassungslos in das Gesicht seines Gegenübers starrte. Es war derselbe Mann, der ihn im Supermarkt umgerannt hatte.

IV

1.

Kommissar Wirthenstätter betrachtete nachdenklich den neuen Akt, den er vor sich liegen hatte. Wieder ging es um eine Vermisstenanzeige. Eine verzweifelte Mutter hatte angerufen und gemeldet, dass ihre Tochter, Clara Steger, sich nicht mehr bei ihr gemeldet hatte. Auch zu Hause und in ihrer Praxis sei sie nicht anzutreffen. Normalerweise würde in solch einem Fall so schnell nichts unternommen werden. Es kam häufig vor, dass sich Leute eine kurze Auszeit nahmen, ohne ihre Angehörigen zu informieren. Zu über neunzig Prozent tauchten diese Personen innerhalb von zwei Wochen wieder auf.
In diesem Fall gab es aber triftige Gründe, warum der Fall bei Wirthenstätter landete. In ihrer Aussage hatte die Mutter erwähnt, dass Frau Dr. Steger vor ihrem Verschwinden einen ihrer Patienten aufsuchen wollte. Bei diesem handelte es sich um niemand anderen als den jungen Arzt Simon Eisl.
Die Geschichte wurde immer obskurer und der Polizeibeamte konnte sich beim besten Willen keinen Reim darauf machen, in welchem Zusammenhang die Therapeutin zu Eisl stand. Es schien klar zu sein, dass er sich bei ihr in Behandlung befand. Dies war nach seinem Unfall womöglich sogar eine logische Reaktion. Aber hatte er ihr vielleicht in einer der Therapiesitzungen etwas über die Kindesentführungen erzählt? Oder hatten die beiden gar etwas damit zu tun? Das schien dem Kommissar jedoch zu weit hergeholt. Simon Eisl machte keineswegs den Eindruck eines Kriminellen. Und schließlich hatte er sich ja bei Wirthenstätter gemeldet, da auf ihn ein Anschlag verübt worden war.

Aber warum verschwanden in Eisls Kreis die Leute einfach spurlos?
Er würde als erste Reaktion nun auch Clara Steger zur Fahndung ausschreiben lassen und seine Kollegen in ihre Wohnung schicken. Eines war für den Kommissar allerdings jetzt schon klar. Es waren entschieden zu viele vermisste Personen.

2.

Schwester Nikola hatte das Baby mit der Nummer 786 in eine Decke gewickelt und es auf den Rücksitz ihres Autos gelegt. Die Anspannung hatte ihren Höhepunkt erreicht. Noch immer konnte sie nicht einschätzen, ob die Sicherheitsleute sie bereits entdeckt hatten und ihr auf den Fersen waren. Das verzweifelte Kreischen des Kleinen im Fond machte die Sache nicht einfacher.
Mit zitternden Händen betätigte sie den Zündschlüssel. Sie dachte noch, dass in einem Film der Wagen jetzt nicht anspringen würde. Aber der Motor des Peugeot lief ruhig und ohne Probleme. Sie legte den Rückwärtsgang ein und fuhr vorsichtig auf den Schotterweg. Bis auf das Schreien des Babys herrschte vollkommene Stille. Als sie wegfahren wollte, heulte der Wagen noch einmal kurz auf, da sie zuviel Gas gegeben hatte. Schwester Nikola blieb kurz das Herz stehen. Dann versuchte sie es nochmals. Jetzt glitten sie nahezu geräuschlos über den Kies.
Nachdem sie die ersten Kurven durch den Wald genommen hatte und keine Verfolger in Sicht waren,

atmete die Pflegerin tief durch. Ihr Plan schien ohne große Komplikationen zu funktionieren.

Sie dachte bereits, alles im Griff zu haben, als ihr ein Wagen entgegenkam. Nochmals begann ihr Herz höher zu schlagen und der Puls raste. Sie kannte das Auto nicht. Aber vielleicht war es möglich, dass die Organisation einen Sicherheitsposten am Fuße des Berges hatte, von dem sie nichts wusste.

Der Weg war zu eng, als dass sie einfach hätte weiterfahren können, und so musste sie rechts ausweichen und mit ihrem Auto auf dem unbefestigten Bankett stehen bleiben. Der kleine Junge schrie noch immer, auch wenn das Gebrüll etwas an Intensität verloren hatte. Schnell warf sie eine Decke über das Baby, um zumindest die Sicht auf ihn so gut wie möglich zu verdecken.

Der entgegenkommende Wagen hatte bereits abgebremst und näherte sich im Schritttempo auf dem engen Waldgässchen. Schwester Nikola wusste, dass sie jetzt nicht mehr auskommen würde und weder nach vorn noch nach hinten flüchten konnte. Daher versuchte sie, gelassen zu bleiben, und setzte eine möglichst unscheinbare Miene auf.

Umso überraschter war sie nun, als sie die Fahrerin des schwarzen Golfs sah. Ihr Gesicht war angeschwollen. Ein Verband verdeckte die Nase, die wohl gebrochen war, wie die Krankenschwester vermutete. Neben ihr saß ein Mann in grauem Anzug, der ihr freundlich zugrinste. Sie versuchte, ebenfalls zurückzulächeln, doch ihr Lächeln gefror, als sie einen der beiden Herren am Rücksitz sah. Eine unangenehme Hitze breitete sich in ihrem Körper aus. Doch dann bemerkte sie, dass der apathisch wirkende Mann ihrem Vorgesetzten

in der Almklinik nur ähnlich sah. Er blickte starr vor sich hin und schien seine Umwelt nicht wahrzunehmen. Im Augenwinkel registrierte sie noch, dass der jüngere Herr daneben ihr durch seine Mimik irgendetwas mitteilen wollte. Sie konnte aber nichts mehr erkennen, da der schwarze Golf schon an ihr vorbei war und auf dem Weg zur Klinik wieder beschleunigte.
Es würde für Schwester Nikola auch keinen Unterschied gemacht haben, wenn sie den stillen Hilferuf des jungen Eisl richtig gedeutet hätte. Selten hatte sie solche Angst ausgestanden wie in diesem Moment. Sie war nur mehr froh, von diesem verfluchten Ort wegzukommen. Mit Tränen in den Augen und zitternden Händen am Lenkrad machte sie sich auf den Weg in das schützende Tal.

3.

Mark Kiebler hatte noch immer alle Hände voll zu tun. Nachdem der Brand durch seine Kollegen unter Kontrolle gebracht worden war, galt es, die Situation wieder zu normalisieren. Die Mitarbeiter der Klinik wurden erneut durchsucht und hineingelassen und die Kinder und Babys mussten aus den Feuerschutzräumen wieder in ihre Zimmer gebracht werden.
Es war noch nicht ganz klar, wie das Feuer überhaupt zustande gekommen war. Der Wachmann hatte sich jedoch bereits eine Erklärung zurecht gelegt: seine Kollegen hatten im Papierkorb eine halb fertig gerauchte Zigarette gefunden. Im gesamten Gebäude galt

jedoch absolutes Rauchverbot. Daher dürfte sich eine der Pflegerinnen oder auch ein Arzt heimlich eine Zigarette angezündet haben. Dann war er oder sie wahrscheinlich gestört worden und hatte sie schnell im Papierkorb entsorgt. Das trockene Papier hatte Feuer gefangen und kurze Zeit später war der Alarm ausgelöst worden.

Mark Kiebler konnte es verstehen, wenn die Leute heimlich rauchten, da es keine Möglichkeit dafür in den Kellern gab. Allerdings würden die Eingangskontrollen in Zukunft jetzt um ein Vielfaches verschärft werden, damit ein solcher Vorfall in Zukunft auszuschließen sei.

Natürlich würde er auch eine Befragung aller Mitarbeiter in die Wege leiten. Er war gespannt, ob sich jemand melden würde. Doch im Moment hatte dies noch Zeit.

Viel wichtiger war nun die Ankunft der vier Personen, einer Frau und drei Männern. Um wen es sich dabei handelte, konnte Kiebler nicht sagen. Doch hatte er von ganz oben den Befehl erhalten, die Ankömmlinge mit oberster Priorität zu behandeln und sie sofort in den Konferenzraum zu bringen.

Es mussten wichtige Gäste sein, denn nur äußerst selten empfingen die drei älteren Herren Personen von außerhalb ihrer Klinik. Er hätte also eher auf eine Limousine getippt, aus der ein paar reiche Russen aussteigen würden. Das war schon einmal vorgekommen. Jetzt aber näherte sich ein unauffälliger, schwarzer Kleinwagen. Nachdem dieser in der Wiese geparkt hatte, stiegen ein scheinbar gut gelaunter Herr im Anzug und eine Frau aus. Die Dame mochte hübsch sein, von ihrem Gesicht war allerdings aufgrund eines Verbandes um die Nase und einer beträchtlichen Schwellung nicht viel zu erkennen. Der gut angezogene Herr öffnete auch die hinteren Türen des Kleinwagens und zwei weitere Männer stiegen aus. Kiebler staunte über die Ähnlichkeit des Älteren der beiden mit dem Sprecher der Klinik. Sofort war ihm klar, dass es sich dabei um dessen Bruder handeln musste. Seine Hände waren mit Kabelbindern zusammengebunden, genauso wie die des Jüngeren, in dem er den Sohn vermutete.

Aber sein Auftrag war es nicht, ein Personenraten zu veranstalten oder irgendwelche Theorien aufzustellen, sondern die Gäste sofort in den Keller zu bringen. So zögerte er auch nicht lange, als er die Ankömmlinge begrüßte und im Anschluss ohne viele Worte auf dem Weg nach unten begleitete.

4.

Janic Zajc war tatsächlich gut gelaunt. Zum einen konnte er seinen Auftrag nun doch noch erfüllen und alle drei Gesuchten so gut wie heil übergeben. Der junge Doktor hatte gute Arbeit geleistet und die blutige Schweinerei, die Zajc an der Therapeutin verursacht hatte, gereinigt und ordentlich verbunden.

Zum anderen war er gespannt, seine Auftraggeber kennen zu lernen und Gesichter zu den Stimmen zu bekommen, mit denen er immer nur über das Telefon kommuniziert hatte. Wenn er sich nicht irrte, musste es sich um drei verschiedene Männer handeln, die ihm die Anweisungen gegeben hatten. Der Herr, der ihn in

Thalgau angerufen hatte und von dem ihm der Weg zum jetzigen Zielort beschrieben worden war, hatte sich überraschenderweise gar als Bruder und Onkel seiner Opfer zu erkennen gegeben. Die Brisanz der ganzen Sache reizte Zajc und neugierig erwartete er dieses seltsame Treffen.

Während der Wachbeamte voraus schritt, blieb der Slowene vorsichtshalber hinter den drei Gefangenen. Zajc hatte nicht das Gefühl, besonders vorsichtig sein zu müssen. Der ältere Eisl schien sich ohnedies schon aufgegeben zu haben. Ebenso wenig zeigten die beiden Jüngeren Anzeichen eines Fluchtversuches. Wohin sollten sie auch fliehen?
Daher wandte er seine Aufmerksamkeit vielmehr der Umgebung zu und staunte, als der Wachmann sie zuerst durch eine urige Bauernstube führte, bevor sie durch eine unscheinbare Türe in den Keller gelangten. Dort angekommen realisierte er, dass sie sich in einem riesigen Hightechgebäude unter der Erde befanden. Links und rechts des Ganges schienen Zimmer zu sein, aus denen vereinzelt das Geschrei von Kindern herausdrang. Alles wirkte steril und hochmodern. Zajc war beeindruckt, wenn er sich auch nicht vorstellen konnte, wozu das Ganze gut sein sollte. Belustigt registrierte er auch die fassungslosen Blicke von Wolfgang und Simon Eisl, wobei der junge Arzt der Therapeutin einen seltsamen Blick zuwarf, als würde er ihr irgendetwas bestätigen wollen. Clara Steger schien ihn zu verstehen, denn sie nickte – kaum merklich – zurück.
Die Gruppe marschierte in einen weiteren Trakt, der aussah wie eine herkömmliche, moderne Klinik. Sie

gingen an Ärzten und Krankenschwestern vorbei, die sie neugierig beobachteten. Zajc nahm zu Recht an, dass hier unten nicht oft Besuch von der Außenwelt kam.

Schließlich landeten sie am Ende eines Ganges vor einer großen, schmiedeeisernen Tür. Der Wachbeamte tippte einen Geheimcode ein und registrierte sich zusätzlich mit seinem Fingerabdruck. Dann öffnete sich das Tor von selbst und gab einen großen Konferenzsaal frei.

„Hier sind wir", meldete sich der Sicherheitsmann zum ersten Mal seit ihrer Ankunft wieder zu Wort.

„Wo ist hier?" Die Frage der Therapeutin klang schroff, wobei deutlich wurde, dass sie nicht durch die Nase atmen konnte.

„Tut mir leid, aber ich bin nicht befugt, Ihnen Auskünfte darüber zu erteilen", antwortete der Wachbeamte höflich. „Ich muss Sie daher noch um etwas Geduld bitten. Sie können sich aber gerne einen Kaffee aus dem Automaten holen oder ein Glas Wasser aus dem Spender nehmen."

An den Slowenen gewandt, fuhr er fort:

„Wenn Sie nichts dagegen haben, würde ich Sie bitten, mit den Dreien hier zu warten. Ich werde in der Zwischenzeit meine Arbeitgeber informieren, dass Sie bereits hier sind."

Zajc nickte bestätigend und beobachtete, wie der Sicherheitsbeamte den Raum verließ und sich die schwere Türe hinter ihm schloss.

Eine unangenehme Stille breitete sich aus. Zajc stellte sich zum Eingang, um einen besseren Überblick zu haben. Alles was er sah, waren allerdings drei Menschen, die sich stumm auf den Sesseln niedergelassen hatten und nicht wussten, was sie hier eigentlich suchten. Er

selbst wartete gespannt, was als nächstes passieren würde.
Es dauerte etwa zehn Minuten, bis sich die Türe wieder öffnete. Herein trat ein älterer Herr, der sich ihm als Leiter der Klinik zu erkennen gab.

5.

Der Staatsanwalt war dieses Mal schon leichter zu überreden gewesen. Er musste Wirthenstätter in der Feststellung recht geben, dass im Moment einfach zu viele Menschen spurlos verschwanden. Noch verweigerte er zwar eine Bekanntmachung der Vermissten in den Medien. Für alle anderen Maßnahmen jedoch bekam der Hauptkommissar volle Handlungsfreiheit.
Als Erstes ließ er sofort die Wohnung und die Praxis Stegers untersuchen. Das brachte zwar keine Neuigkeiten, doch bestätigte sich anhand ihres Terminkalenders, dass Simon Eisl seit einigen Wochen bei ihr in Behandlung war. Weiters entdeckten sie in ihren Aufzeichnungen ein Diagramm, in dem die Polizeipsychologen eine Art Familienaufstellung erkannten. Neben dem Namen seines Vaters waren auch der Großvater und der Onkel des jungen Arztes dick eingerahmt. Nach einer kurzen telefonischen Recherche stellte sich heraus, dass der Großvater bereits in den späten 80er-Jahren bei einem Bergunfall ums Leben gekommen war. Erst zwei Jahre nach seinem Unfall war die Leiche gefunden worden, bereits stark verwest. Ein Bergführerausweis, eine Uhr und schließlich die

zahnärztlichen Untersuchungen bestätigten die Identität der Leiche. Dennoch blieb es Wolfgang Eisl damals nicht erspart, den Leichnam zu identifizieren. Wirthenstätter stellte sich vor, wie schlimm es gewesen sein musste, seinen eigenen, von der Verwesung fast unkenntlichen Vater auf dem Seziertisch liegen zu sehen. Warum er allerdings nun in den Aufzeichnungen Stegers hervorgehoben war, blieb vorerst unklar.
Als nächstes wollte Wirthenstätter den Onkel kontaktieren und schickte daher einen Streifenwagen zu ihm nach Hause und einen in die Klinik, in der er arbeitete. An beiden Orten war er jedoch nicht aufzufinden. Im Spital hatte er sich einen kurzfristigen Urlaub eintragen lassen. Das Handy war ebenfalls ausgeschaltet. Georg Eisl blieb im Moment für die Polizei unerreichbar. Wieder überkam den Kommissar das Gefühl, dass alle rund um Simon Eisl irgendwie zu verschwinden schienen.
Ein Tipp eines Arbeitskollegen von Clara Steger, den sie aus ihrem persönlichen Telefonbuch herausgesucht hatten, brachten die Ermittlungen dann schließlich doch noch einen Schritt weiter. Wie dieser Kollege ihnen mitteilte, besaß die Therapeutin gemeinsam mit ihm eine Praxis in Thalgau. Auch dorthin schickte er einen Streifenwagen. Die Polizisten vor Ort stellten fest, dass sich in letzter Zeit hier jemand aufgehalten haben musste. Sie entdeckten drei Tassen mit relativ frischem Kaffee. Da der Arbeitskollege angab, dass er die Praxis in den letzten Tagen nicht betreten hatte und nur er und Clara Steger einen Schlüssel für die Wohnung besaßen, schien einleuchtend, dass die Therapeutin die Wohnung benutzt haben musste. Wirthenstätter schaltete erneut die Spurensicherung ein, um die DNA an den drei Tassen zu überprüfen. Er war sich

dabei einigermaßen sicher, dass neben der DNA Clara Stegers die von Simon und Wolfgang Eisl gefunden werden würde.
Dabei war er sich nicht sicher, was diese Ergebnisse bringen sollten. Schlussendlich tappten sie nach wie vor im Dunkeln. Und die Zahl der verschwundenen Personen stieg stetig an.

6.

„Sie sind also Janez Zajc?" Georg Eisl verweigerte die Hand, die ihm dieser anbot. „Und damit der Verantwortliche, warum wir uns hier in diesem Rahmen treffen müssen."
Der Arzt wandte sich vom Slowenen ab und seinen Verwandten und der Therapeutin zu. Nur sein Neffe war aufgestanden. Er deutete ihm, sich wieder zu setzen. Georg Eisl versuchte, beherrscht zu wirken, aber es war ihm anzumerken, dass es ihm schwer fiel.

„Hallo Wolfgang, hallo Simon. Guten Tag Frau Steger. Was dagegen, wenn ich mich setze?"
Von den Dreien kam keine Antwort. Als er bemerkte, dass Simon und Wolfgang Eisl noch die Kabelbinder um die Hände gebunden hatten, herrschte er Zajc an. „Nehmen Sie den beiden die Fesseln ab, verdammt noch mal. Und bringen Sie allen ein Glas Wasser."
Zajc hatte während seiner langjährigen Militärzeit in Slowenien gelernt, Vorgesetzten zu gehorchen. So folgte er dem Befehl ohne Widerrede.

Georg Eisl behielt ihn im Auge und setze sich erst, als die beiden von den Kabelbindern befreit und alle drei mit einem Glas Wasser versorgt waren. Zajc stellte sich wieder stumm zurück zum Ausgang.

„Es tut mir leid, dass wir uns unter diesen Umständen treffen müssen", begann der Arzt, dem der Einstieg in das Gespräch sichtlich schwer fiel.

„Warum ist dieser Mann verantwortlich, dass wir hier sitzen?" Der leise Einwurf Simon Eisls, der in dem großen Raum fast unterging, kam seinem Onkel gerade recht.

„Du kannst dir ja wahrscheinlich schon denken, wer dieser Herr ist?"

Simon Eisl nickte.

„Er ist derjenige, der dich von der Straße abgedrängt und deinen Unfall verursacht hat. Und zwar in unserem Auftrag. Es lief auch alles soweit nach Plan. Dir sollte nichts Schlimmes passieren. Der Unfall war ein gut kalkuliertes Risiko und sollte nur vom eigentlichen Ziel der Aktion ablenken. Doch unser Profi hier hat einen schweren Fehler gemacht."

Georg Eisls Blick zum Slowenen zeigte die Härte, die der Arzt ausstrahlen konnte.

„Wir haben ihm zwei Ampullen mit einer hochkonzentrierten Lösung an Benzodiazepinen mitgegeben. An und für sich ein Mittel zur Beruhigung. In einer Überdosis verabreicht, löst es aber schwere, kurzfristige Amnesien aus. In Versuchen wurde festgestellt, dass die Erinnerungen der letzten 12 bis 24 Stunden komplett gelöscht werden. Als Nebenwirkungen zeigten sich zumeist nur Kopfschmerz und leichte Übelkeit. Ein zu vernachlässigendes Risiko. Aber damit erzähle ich dir nichts Neues. Wie geht es deinen Kopfschmerzen eigentlich?"

Simon Eisl reagierte nicht auf die Frage seines Onkels, sondern wartete ohne Antwort ab, bis dieser weiter erzählte. Georg Eisl gab es auf, eine Konversation führen zu wollen.

„Zajc sollte dir beide Ampullen injizieren. Das hätte auf jeden Fall gereicht, um deine Erinnerungen an den Ausflug hierher mit mir für immer zu löschen. Deine sogenannte Therapeutin hätte dich noch so oft in Hypnose versetzen können, ohne etwas zu finden."

Der Arzt sah Clara Steger wütend an und erntete einen ebenso stechenden Blick von ihr. Einen Moment hielt er dem Blick stand, bevor er sich wieder seinem Neffen zuwandte.

„Es ist aber nicht sinnvoll, aus einem Metzger einen Chirurgen zu machen, wie es scheint. Obwohl du in einer Art Schockstarre warst und unser Profi hier dir in Ruhe das Serum verabreichen hätte können, zerbrach er mit seinen ungeschickten Pranken eine der Ampullen. Wir konnten daraufhin nur hoffen, dass die Dosis einer Ampulle reichen würde, um deine Erinnerungen zu löschen. Leider war dies nicht der Fall, wie sich bei deinem Besuch bei mir herausgestellt hat."

Simon Eisl blickte auf seine Arme herab und suchte nach den beiden Einstichstellen. Obwohl sie bereits verschwunden waren, wusste er, dass es sich genauso zugetragen haben musste.

„Hätte Zajc alles richtig gemacht, würden wir hier nicht sitzen. Du wärest aus dem Krankenhaus entlassen worden, hättest ein paar Tage Kopfschmerztabletten genommen, Dir von deiner Therapeutin den Bauch pinseln lassen können und nach ein paar Tagen oder Wochen wäre alles wieder wie vorher gewesen."

Eisl legte eine kurze Pause ein, in der er den jungen Neffen und seinen Bruder schwermütig betrachtete.

„Nachdem klar war, dass ihr weiter nachforschen würdet, haben wir euch Zajc ein weiteres Mal vorbeigeschickt und gehofft, dass die Drohung reichen würde, um euch von eurer Schnüffelei abzuhalten," fuhr der Arzt fort. „Aber leider musstet ihr immer weiter nachbohren, bis uns nichts anderes überblieb, als euch hierher zu bringen."

„Und was ist das hier?" Die angestaute Wut trat aus Simon Eisl heraus. „Was treibt ihr in diesem Keller Fürchterliches? Und wieso redest du andauernd von 'wir'?"

„Das sollte vielleicht ich erklären!"

Bis auf Zajc hatte keiner den alten Mann bemerkt, der nun auf seinem Gehstock gestützt in der Tür stand.

„Vater!"

Es war das erste Wort, das Wolfgang Eisl sprach, seitdem er hierher gebracht worden war.

7.

Schwester Nikola hatte das Großarler Tal verlassen und Halt bei einer Raststation an der Autobahn gemacht. Bevor sie aus dem Wagen stieg, deckte sie das Baby ab und nahm es liebevoll in die Arme. Die Schmerzen schienen etwas besser geworden zu sein, denn es schrie kaum mehr und klammerte sich nun instinktiv an die Krankenpflegerin.

Sanft streichelte sie der Nummer 786 über die Haare und gab ihm einen Kuss auf den Kopf. Dann legte sie ihn wieder auf den Beifahrersitz und warf ihm behutsam die Decke über den Körper.

Im Tankstellenshop kaufte sie sich einen kleinen Magenbitter, den sie im Anschluss zusammen mit einer Zigarette zu sich nahm. Der Druck war etwas von ihr abgefallen. Jetzt galt es noch, den Kleinen in Sicherheit zu bringen. Dann hatte sie es geschafft.

Ein Pärchen, das ihr beim Trinken des kleinen Fläschchens zugesehen hatte, beobachtete sie auch weiterhin, als sie in das Auto stieg. Schwester Nikola schenkte den Zweien aber keine Beachtung. Langsam fuhr sie wieder auf die Autobahn in Richtung Salzburg auf. Sie drehte die Musik etwas lauter, nicht zu laut, um das Baby nicht zu stören. Sie fühlte sich fast schon entspannt, vielleicht auch deswegen, weil sie nun genau wusste, was sie zu tun hatte.

Bei der Ausfahrt Salzburg Mitte bog sie schließlich ab und machte einen kleinen Umweg zur Apotheke. Sie kaufte für den Kleinen eine schmerzstillende Salbe und massierte sie ihm sanft in die Augen. Nummer 786 schien zu spüren, dass sie es gut mit ihm meinte und ließ die Prozedur klaglos über sich ergehen.

Dann fuhr sie auf einen verlassenen Parkplatz in der hintersten Ecke des Stadtteiles Liefering. Nur kurz hatte sie überlegt, zu sich nach Hause zu fahren, den Gedanken jedoch gleich wieder verworfen. Es dämmerte bereits. Ein paar Stunden würden sie es hier aushalten müssen. Sie nahm den kleinen Jungen mit nach hinten auf den Rücksitz, schmiegte sich an ihn und schloss die Augen. Schwester Nikola fühlte so etwas wie eine Ahnung vom Glücklichsein.

8.

Wolfgang Eisl hatte sich in seinem Stuhl aufgerichtet. Fassungslos blickte er auf den alten Herren, der ihm nun mit festem Schritt entgegen kam und sich ohne Aufforderung zu ihnen setzte.

„Dass ich dich noch einmal sehe!" Der alte Mann schien sich tatsächlich zu freuen und nahm die Hand von Wolfgang Eisl in seine eigene. Dieser zog sie jedoch reflexartig zurück, als hätte ihn etwas gebissen.

„Du müsstest tot sein. Ich habe dich selbst damals in der Leichenkammer gesehen!"

Gerhard Eisl schien sich der Situation bewusst zu werden, in der sich alle befanden. Er lehnte sich daher zurück und betrachtete seinen jüngeren Sohn aus einem gewissen Abstand heraus. Dann sprach er mit beherrschter Stimme weiter.

„Ich bin dir wohl eine Erklärung schuldig, Wolfgang."
Der alte Mann hielt kurz inne, bevor er den Faden wieder aufnahm.

„Aus Gründen, die ich dir jetzt noch nicht nennen möchte, war es für mich notwendig, Ende der 80er Jahre unterzutauchen. Es reichte jedoch nicht aus, einfach von der Bildfläche zu verschwinden. Früher oder später hätten sie mich gefunden. Daher beschloss ich, meinen eigenen Tod vorzutäuschen. Mit Hilfe deines Bruders ist mir das auch erfolgreich gelungen."

Er blickte stolz zu Georg Eisl, der ihn mit einem Nicken aufforderte, in seiner Erzählung fortzufahren.

„Jedermann in der Umgebung wusste damals, dass ich ein begeisterter Bergsteiger war. Diesen Umstand nutzten wir aus und setzten das Gerücht in die Welt, dass ich an einem Wochenende im Dezember für eine

Zweitagestour auf den Dachstein aufbrechen wollte. Ich habe an diesem Freitag aber nicht einmal einen Fuß auf den Berg gesetzt.
Georg brachte mich stattdessen mitten in der Nacht hier auf diesen Bauernhof, der damals noch etwas anders aussah als heute. Zwar gab es im Keller bereits eine Art Klinik, aber erst nachdem ich hier rund um die Uhr gleichzeitig wohnte und arbeitete, war es mir möglich, das Ganze zu professionalisieren. Georg versorgte mich in dieser Zeit mit allem, was ich brauchte.
Doch kommen wir zurück zu meinem Tod. Mehrere Tage suchten die Rettungsmannschaften damals nach meinem Leichnam. Männer wurden ausgeschickt, Hunde und sogar Hubschrauber. Sie fanden jedoch nur meinen Rucksack, den ich schon einige Tage zuvor an einem Abhang positioniert hatte. Ich wurde schlussendlich nach erfolgloser Suche zuerst als vermisst und nach einigen Wochen für tot erklärt."
„Wie konnte deine Leiche dann zwei Jahre später entdeckt werden?"
Es war Simon Eisl, der sich ungläubig einmischte.
„Georg erfuhr über Umwege, dass einige Leute immer noch Interesse an meiner Person hatten. Diese Leute glaubten nicht an meinen Tod, sondern vermuteten ein Ablenkungsmanöver dahinter. Sie schlossen folgerichtig, dass ich nur untergetaucht war. Mein Tod musste also erneut bestätigt werden.
In diesen Tagen haben wir erstmals Verbindungen zu einer slowenischen Verbrecherorganisation aufgenommen, mit der wir bis heute zusammenarbeiten."
Sein Blick wanderte zu Zajc, der noch immer am Ausgang stand und sich ungerührt gab.

„Einer dieser Kriminellen betreibt bis heute eine Bestattungsfirma in Mojstrana. Wir konnten uns meinen Leichnam sozusagen aussuchen. Nachdem wir einen Körper entdeckt hatten, der im Wesentlichen meiner Figur und meinem Knochenbau entsprach, mussten wir diesen nur noch etwas den Gegebenheiten anpassen. Durch aggressive Enzyme beschleunigten wir den Verwesungsprozess und durch das gezielte Schockfrieren verschiedener Körperteile simulierten wir künstlich die eisige Umgebung am Gletscher. Genau hätte aber keiner hinsehen dürfen. Daher beschlossen wir einen radikalen Schritt, um meinen Tod eindeutig zu bestätigen."
Gerhard Eisl hielt kurz inne, bevor er sich mit der Hand in der Mund fuhr, etwas auszuklinken schien und schließlich ein Gebiss hervorholte. Dann steckte er es sich wieder vorsichtig in den Mund, hakte es ein und fuhr fort in seinen Ausführungen.
„Das war Georgs Meisterleistung. Er hat mir die kompletten Zähne und Teile des Kiefers herausoperiert und durch ein künstliches Gebiss ersetzt. Mein eigenes hingegen pflanzte er in die Leiche ein. Wir mussten ein paar Wochen später nur mehr einen Wanderer ausschicken, der den Toten scheinbar zufällig fand. Da anhand der Kleidung, eines vergilbten Bergsteigerausweises und schließlich des Zahnabdruckes ohne Zweifel festgestellt werden konnte, um wen es sich bei der Leiche handelte, wurden schließlich alle Untersuchungen eingestellt und ich endgültig für tot erklärt. Seitdem hörten auch alle Nachforschungen über mich auf."
„Wer hat dich gesucht, Vater, dass du deinen eigenen Tod vortäuschen musstest?" Wolfgang Eisl stellte die Frage, obwohl im die Antwort bereits dämmerte.

„Eine Organisation aus alten Zeiten war mir dicht auf den Fersen. Zu dicht.", antwortete Gerhard Eisl.
„Eine jüdische Organisation vielleicht, Herr Dr. Hauser?" Clara Stegers Stimme troff vor Ekel und Widerwärtigkeit.
„Dr. Hauser ..." Die Gedanken des alten Arztes schienen in die Ferne zu schweifen. „Bei diesem Namen hat mich schon lange keiner mehr genannt."

9.

Mark Kiebler befand sich wieder auf seinem Posten. Die Lage hatte sich stabilisiert, der Normalbetrieb konnte wieder fortgesetzt werden, und er hatte alles unter Kontrolle.
Er wollte schon zufrieden zu seiner Thermoskanne greifen, um sich eine Tasse Kaffee einzuschenken und sich eine Pause zu genehmigen, als ihm plötzlich am ganzen Körper heiß wurde. Er wusste, ihm war irgendetwas sehr Wichtiges entgangen. Etwas Bedeutsames. Doch dauerte es noch eine Weile, bevor es ihn wie einen Schlag traf.
Schwester Nikola hatte sich zwar bei ihm abgemeldet, jedoch nicht mehr bei ihm angemeldet. Er hatte sie auch nirgends mehr gesehen. Genauso wenig wie das Baby.
Der Wachbeamte versuchte, einen kühlen Kopf zu bewahren. Vielleicht hatte sich die Krankenpflegerin bereits in den Keller begeben und er hatte sie einfach übersehen. Per Funk zitierte er daher einen Kollegen zu sich, um seinen Posten zu übernehmen.

Dann stieg er die Treppen hinab in die Räume der Klinik. Er suchte nach ihr, konnte sie aber nicht finden. Er befragte Krankenschwestern und Ärzte, aber niemand hatte sie seit dem Vormittag gesehen. Ihm wurde immer mehr bewusst, in welchen Schwierigkeiten er sich nun befand.
Um die Sache zu klären, half nur eines: er brauchte die Hilfe der elektronischen Überwachungsabteilung.

Er klopfte an die Tür. Sein Kollege Seidl öffnete und ließ ihn hinein. Kiebler erklärte ihm ohne Umschweife den Sachverhalt und bat ihn um seine Hilfe. Seidl musterte ihn mitleidig.
„Das gibt Schwierigkeiten, Mark!"
„Vielleicht ist sie ja noch irgendwo in der Gegend."
Kiebler wusste, dass es sich um eine schwache Hoffnung handelte.
„Ich brauche die Bilder kurz nach dem Auslösen des Brandalarms. Kannst du mir sie schnell auf den Monitor geben?"
Seidl nickte und gab ein paar Daten in den Computer ein. Es dauerte nicht lange und er hatte die Aufnahmen der Überwachungskamera vor sich auf dem Bildschirm. Gemeinsam sahen sie sich das Video an und Kiebler hörte sich selbst mit Schwester Nikola reden. Ihm stockte der Atem, als er sah, wie er sich umdrehte, während die Pflegerin die Situation sofort ausnutzte und mit dem Baby im Arm in Richtung des unteren Parkplatzes rannte.
Seidl, dem dies auf seinem Überwachungsposten auch auffallen hätte müssen, konnte sich nur wiederholen.
„Verdammt Kiebler, das gibt Probleme!"

10.

Dr. Gerhard Eisl musterte die Therapeutin eingehend. „Respekt, Frau Steger. Sie sind in Ihren Recherchen so weit gekommen wie sonst noch kein anderer. Ein unnützes Wissen allerdings, das Ihnen nicht viel bringen wird."
Die Therapeutin setzte zu einer Antwort an, doch Simon Eisl platzte dazwischen.
„Ich hatte einmal großen Respekt vor dir! Du warst ein Vorbild für mich! Und jetzt sitze ich im Keller eines krankhaften Mannes und Nazis. Du widerst mich an, Großvater!"
Der junge Arzt war mit geballten Fäusten aufgesprungen. Doch noch bevor er einen Schritt in die Richtung Gerhard Eisls machen konnte, war Zajc bereits zur Stelle. Mit erhobener Pistole erwartete er die nächste Anweisung.
Der alte Mann hatte sich währenddessen keinen Zentimeter bewegt. Mit wenigen Gesten befahl er dem Slowenen, zurückzutreten und Simon Eisl, sich zu setzen. Beinahe verächtlich übernahm er dann wieder das Wort.
„Wer bist du schon Simon, dass es dir zusteht, mich zu kritisieren? Du hast keine Ahnung von meinem Leben und was ich getan habe. Ich hingegen habe dein Tun in den letzten Jahren genau verfolgt. Und ich frage dich: was hast du zu bieten? Den einen oder anderen Artikel in einer Fachzeitschrift!" Der Sarkasmus in Gerhard Eisls Stimme war nicht zu überhören. „Deine Psychoonkologie heilt nicht, Simon. Im besten Fall kann sie ein wenig lindern. Aber in ein paar Jahren wird dieser Wissenschaftszweig ohnedies ausgestorben sein. Und weißt du, warum?"

Der Angesprochene schüttelte kaum merklich den Kopf. „Weil es solche krankhaften Menschen wie mich gibt!" Gerhard Eisl schien einen Moment zu überlegen, bevor er fortfuhr. „Ich werde mit dir jetzt keine moralischen Diskussionen führen, Simon. Aber du wirst mir zuhören. Und im Anschluss eine Entscheidung treffen."
Clara Steger beobachtete, wie der junge Arzt in seinem Stuhl zusammengesunken war. Der alte Mann übte eine ungeheure Autorität aus, der sich keiner im Raum entziehen konnte. Er hatte es ohne Worte und allein durch seine Ignoranz geschafft, sie und Wolfgang Eisl zu Zuhörern zu degradieren. Der Schauplatz drehte sich alleine um die zwei ungleichen Männer. Und das Sagen hatte im Moment eindeutig Gerhard Eisl. Er schien jedoch noch kurz nach Worten zu suchen, bevor er zu sprechen begann.

„Nach dem Abschluss meiner Schulzeit habe ich im Jahr 1933 aus einem einfachen Grund heraus mit dem Medizinstudium begonnen. Ich wollte den Menschen helfen. Wie du dir denken kannst, war die wirtschaftliche und gesellschaftliche Lage zu dieser Zeit mehr als schlecht. Es fehlte an allen Ecken und Enden an Ärzten. Selbst harmlose Krankheiten hatten oft verheerende Folgen. Schon während meiner Ausbildungszeit war ich oft gezwungen, die wenigen Kenntnisse, die ich bereits hatte, einzusetzen. Je mehr Patienten ich betreute, desto mehr lernte ich dabei. Doch stieß ich immer wieder an Grenzen. Krankheiten wie Cholera, Ruhr, Thypus und die Nachwirkungen der spanischen Grippe rafften immer noch zigtausende Menschen dahin oder hinterließen unheilbare Spuren an den Menschen, die damit in Verbindung kamen.

Schließlich schien es mir nicht mehr genug, einzelne Leute zu behandeln. Mein Ziel war es, möglichst vielen Menschen zu helfen. Ich widmete mein Leben daher mehr und mehr der Forschung. Doch obwohl ich damals als wohlhabender Mann galt, gingen mir schnell die Gelder aus.

Um meine Untersuchungen fortsetzen zu können, trat ich 1937 der Vaterländischen Front bei. Ein notwendiger Schritt, da die mächtigen Personen Österreichs zu jener Zeit in dieser Partei zu finden waren. Und Macht heißt Geld. Durch den Eintritt und den damit gewonnenen wichtigen Verbindungen erhielt ich finanzielle Hilfe für meine Arbeit und lernte Leute kennen, die auch in weiterer Folge meine Visionen unterstützten. Es stellten sich schnell erste Erfolge ein. Die Mäzene erkannten mein Potential. Bald schon wurde mir ein kleiner Stab an Assistenzärzten und Krankenschwestern zugeteilt.

Ich hätte in dieser Zeit hoch aufsteigen können. Doch war meine Motivation weder politisch, noch auf die Befriedigung egozentrischer Bedürfnisse wie Macht oder Ruhm bedacht. Ich hielt mich zurück, ließ mich weder auf Empfängen zeigen, noch mich auf Parteitreffen feiern. Ich galt als langweilige Person und wurde alsbald zu den selbstverherrlichenden Veranstaltungen nicht mehr eingeladen. Das Geld floss aber aufgrund des medizinischen Fortschritts weiterhin, auch wenn sich andere oft mit meinen Federn schmückten.

Mit dem Anschluss Österreichs an Deutschland keimten in mir die Befürchtungen, dass meine Forschungen darunter leiden würden. Aber das Gegenteil war der Fall. Mit dem Übertritt in die NSDAP erfuhren meine Untersuchungen ein breiteres Interesse als jemals zuvor und wir bekamen ein Vielfaches an Geldern zur Verfügung gestellt.

Plötzlich war es nicht mehr nötig, uns nur auf einige, wenige Krankheiten zu konzentrieren, sondern wir konnten die Forschungsfelder ausweiten. Erstmals legte ich dabei den Focus auf das Krebsleiden.

In den ersten Jahren liefen die Untersuchungen durchaus erfolgreich. Es gelang uns, einige Krankheiten etwas einzudämmen und neue Behandlungsmethoden zu finden.

Im Laufe des Krieges wurde das Geld jedoch immer knapper, da es hauptsächlich in die Rüstung investiert wurde. Es kam zu einer fortwährenden Streichung der finanziellen Zuwendungen, bis unsere Projekte endgültig zum Erliegen kamen.

Um nicht tatenlos zu sein, besann ich mich wieder auf meine eigentlichen Aufgaben als Arzt und versuchte in Sanitätsstationen die Kranken und Verletzten zu versorgen.

Bis Himmler die Direktive ausgab, so schnell als möglich eine deutsche Variante des Penicillins zu entwickeln.

Ich meldete mich freiwillig zu diesem Projekt und wurde daraufhin zu Forschungszwecken dem Konzentrationslager Dachau zugewiesen."

Erstmals hielt der alte Arzt in seinen Ausführungen inne. Er musterte genau die Gesichter der Anwesenden, bevor er mit seiner Schilderung fortfuhr.

„Natürlich löste der Anblick der kranken Gestalten, der ausgemergelten Leiber und die Gesichter, in denen keine Hoffnung mehr zu lesen war, Mitleid und Entsetzen in mir aus. In dieser Form hatte selbst ich, der in den Jahren zuvor mit soviel Krankheit und Leid zu tun hatte, das Elend weder erwartet, noch gesehen.

Ich war freiwillig hier und hätte nun gehen können. Aber ich traf eine schwere Entscheidung. Ich wusste, dass viele Lagerinsassen bis zuletzt auf ihr Überleben hofften. Ich wusste aber auch, dass das System das nicht dulden würde. Kein Gefangener sollte das Lager lebend verlassen. Und so tat ich das einzig Richtige. Ich gab dem zuvor sinnlos scheinenden Sterben vieler wieder einen Sinn, indem ich an ihren Körpern forschte und so ihrem Tod gleichzeitig ein Stück Leben für die zukünftigen Generationen abrang.
Natürlich musste ich auch vorgeschriebene Versuche durchführen, die rein militärischen Zwecken dienen sollten. Die Penicillin-, Höhe-, und Kältetodversuche gehörten dazu. Aber das war der Preis dafür, den ich an Himmler und die Nazis zahlen musste, um meine eigenen Untersuchungen an den Insassen durchführen zu können.
Und diese Experimente zeigten Ergebnisse, die wir uns zuvor niemals hatten erträumen können. Durch die Forschung am lebenden Objekt, unabhängig von Ethik und Grenzen, gelangen uns die größten Erfolge. Wir entwickelten Heilmethoden und Medikamente in einer rasenden Geschwindigkeit, da wir sie direkt an einer Vielzahl von Menschen testen konnten, ohne dass uns Barrieren aufgebürdet wurden. Selbst in einigen heutigen Medikamenten stecken noch Ergebnisse aus unseren Lagerforschungen. Der Tod einiger hundert Insassen, der unumgänglich gewesen wäre, schuf Hoffnung und Leben für viele Tausende!"
Kaum hatte Gerhard Eisl die letzten Worte gesprochen, sackte er in seinen Stuhl zurück. Er schien um Jahre gealtert zu sein, und man merkte ihm deutlich die Anstrengung des Redens an. Dennoch musterte er kon-

zentriert seinen Sohn und seinen Enkel. Er schien auf eine Reaktion zu warten. Es war jedoch Clara Steger, die mit leiser Stimme, als dürfte in dieser Umgebung nur geflüstert werden, die Stille durchbrach.

„Wie konnten Sie nach diesen schrecklichen Experimenten durch das amerikanische Kriegsverbrechertribunal freigesprochen werden?"

„Sie stellen Fragen, deren Antwort Sie vielleicht schon kennen, Frau Steger. Doch ich will es Ihnen gerne erklären."

Ein leichtes Lächeln erschien auf dem Gesicht des alten Mannes.

„Anfang 1945 war für die meisten Leute in unserem Forschungsprojekt klar, dass der Krieg so gut wie verloren war. Das Team um mich herum bröckelte auseinander und einige zogen es vor, zu fliehen, bevor die Alliierten einmarschieren würden. Bei einem von ihnen handelte es sich um einen jungen Arzt in meinem Alter, der erst vor kurzem zu uns gestoßen war. Er wusste, dass es nicht mehr lange dauern konnte, bis der Krieg endgültig verloren sein würde. Daher flüchtete er mit einem gefälschten Ausweis, soweit ich weiß nach Brasilien. Sein Wehrbuch überließ er mir, da er ohnedies unter fremden Namen untertauchte. Ich musste nur ein wenig meine Beziehungen spielen lassen und schon hatte ich einen Pass, in dem auch meine Kinder unter dem neuen Namen eingetragen waren. Von nun an würde ich als Gerhard Eisl leben.

Die Tatsache, dass ich mich stets aus dem gesellschaftlichen Leben zurückgehalten hatte, sollte mir nun zu Gute kommen. Es existierten keine Fotos oder Zeitungsberichte über mich. Bis auf die eine Abbildung, die Sie wahrscheinlich entdeckt haben, Frau Steger."

Die angesprochene Therapeutin hielt dem süffisanten Blick des alten Mannes stand.

„Bei meiner Verhandlung konnte ich dem Tribunal leider nicht mitteilen, wo sich der Kriegsverbrecher Johann Hauser aufhält." Der Arzt grinste spöttisch. „Aber ich konnte den Amerikanern in der Rolle des Dr. Eisl meine Unschuld beteuern und meine Funktion als den Arzt bestätigen, der lediglich die Totenscheine auszustellen hatte. Die übrig gebliebenen Kollegen bestätigten diese Version. Wir deckten uns gegenseitig und schoben die Schuld auf den nun als flüchtig geltenden Dr. Hauser. Als kleiner Fisch, der ich in ihren Augen war, ließen sie mich gehen. Jedoch nicht, bevor ich ihnen das Vernehmungsprotokoll mit einer perfekten Imitation der Unterschrift meines neuen Namengebers unterzeichnet hatte."

Der alte Arzt schien seine Ausführungen beendet zu haben, als sich der leitende Wachbeamte mit einem Räuspern an der Tür meldete.

11.

Mark Kiebler war zuvor mit seinem Kollegen Seidl die Aufzeichnungen der Videokameras noch einmal penibel durchgegangen. Im Schnellvorlauf hatten sie sich die Bilder bis zu Ende angesehen. Aber es blieb kein Zweifel. Schwester Nikola war nicht mehr aufgetaucht. Der Abend war längst hereingebrochen, als sie mit Taschenlampen versuchten, die Krankenschwester und das Baby zu finden. Der Wachbeamte erinnerte sich

an die Aussage der Pflegerin, dass sie dem Kleinen am Bach die Augen auswaschen wollte. Ohne große Hoffnung suchten sie daher die nähere Umgebung ab. Als sie an den unteren Parkplätzen angekommen waren und auch das Auto Schwester Nikolas nirgends entdecken konnten, mussten sich die beiden Sicherheitsleute schließlich endgültig eingestehen, dass sie das Gelände verlassen und mit hoher Wahrscheinlichkeit auch das Baby mitgenommen hatte.
Die Wachen probierten ein weiteres Mal, sie am Handy zu erreichen, doch wieder hob sie nicht ab.

Mark Kiebler konnte sich nicht erklären, was Schwester Nikola dazu trieb, mit dem Baby einfach zu verschwinden. Sie arbeitete bereits seit vielen Jahren hier und noch nie hatte sie irgendein außergewöhnliches Verhalten gezeigt. Selbst bei den Befragungen am Lügendetektor, die zwei Mal im Jahr an den Mitarbeitern durchgeführt wurden, zeigte sie sich unauffällig und wies keinen Hang zur Auflehnung gegen das vorherrschende System auf.
Mittlerweile traute ihr der Wachmann aber auch zu, dass sie den Brand gelegt und ihre Flucht genau geplant hatte. Auf jeden Fall bestand höchste Alarmbereitschaft. Er kam wohl nicht darum herum seinen Vorgesetzten eine Meldung zu machen.

Kiebler ging daher zum Konferenzraum, wo am Eingang noch immer der Herr im dunklen Anzug stand. Deutlich zeichneten sich in dessen Innentasche die Konturen einer Pistole ab. Obwohl der Wachbeamte selbst in einigen Kampfsport- und Schießtechniken ausgebildet war, hatte er instinktiv Respekt vor dem

Hünen, der ihm mit einem Blick andeutete, abzuwarten. Kiebler geduldete sich daher, bis der ältere Vorgesetzte seine Rede beendet hatte, bevor er sich vorsichtig räusperte.

Alle Gesichter wandten sich ihm zu. Er fühlte sich mehr als unwohl in seiner Haut. Einen kurzen Augenblick registrierte er die leeren und blassen Gesichter der Gäste, bevor ihn der alte Mann anherrschte.

„Was gibt es?"

„Ich muss Ihnen eine dringende Meldung machen. Wenn es geht, ohne Ihre Besucher!"

„Ich komme gleich zu Ihnen." Der alte Arzt hatte sich bereits abgewandt, doch Mark Kiebler gab noch nicht auf.

„Es ist wirklich dringend!"

„Haben Sie meinen Vater nicht verstanden?", erhob Georg Eisl die Stimme. „Wir sind gleich bei Ihnen! Gehen Sie hinauf und warten Sie dort auf uns!"

Kiebler musste einsehen, dass es im Moment keinen Sinn hatte. Er konnte nur zurück auf seinen Posten gehen und hoffen, dass die beiden Herren ihr Gespräch rasch beenden würden. Er blickte auf die Uhr. Es war 23:03 Uhr. Irgendwie hatte er das Gefühl, dass ihnen die Zeit davonlief.

12.

Gerhard Eisl – alias Johann Hauser – hatte sich ihnen wieder zugewandt. Simon Eisl blickte in das Gesicht seines Großvaters, der ihm wie ein Fremder erschien.

Ein Fremder jedoch, der binnen weniger Stunden sein Leben und das seiner Familie komplett auf den Kopf gestellt hatte. Eine Welle der Aggression schien ihn zu überschwemmen und er spürte den unbändigen Drang, auf seinen Großvater loszugehen. Nur mit Mühe beherrschte er sich. Er wusste, dass sie sich in einer aussichtslosen Situation befanden. Aber er wollte zumindest das 'Warum' verstehen.
Mit klarer Stimme richtete er sich daher an Gerhard Eisl. „Der Krieg ist lange vorbei. Die Sache sollte abgeschlossen sein. Und dennoch scheinen du und mein Onkel die Forschungen wieder aufgenommen zu haben." Sein Blick schweifte abwertend auf Georg Eisl, bevor er ihn wieder auf seinen Großvater richtete.
„Du magst dir deine Vergangenheit zurecht gelegt haben. Aber wir sprechen von hier und jetzt. Und dieses Mal sind es keine Kriegsopfer, die du missbrauchst, sondern unschuldige Kinder!"
In den Augen des alten Mannes erschien beim Anblick seines wütenden Enkels ein Ausdruck des Verständnisses. Mit sanfterer Stimme als zuvor antwortete er. „Ich habe dir versprochen, dass du eine Entscheidung treffen kannst. Zuvor sollst du allerdings die ganze Geschichte hören."
Gerhard Eisl stand auf und holte sich ein Glas Wasser, ehe er sich wieder aufrecht in seinen Stuhl setzte und mit seinen Ausführungen fortfuhr.

„Nach Beendigung des Krieges war unserem ehemaligen Forschungsteam klar, dass wir uns eine lange Zeit nicht sehen durften. Wir wurden zwar nicht als Kriegsverbrecher eingestuft, doch war uns bewusst, dass wir weiterhin unter Beobachtung standen.

Die nächsten zehn Jahre verbrachte ich daher damit, mir eine Existenz als Landarzt aufzubauen. Die Leute hier wussten nichts von meiner Vergangenheit und ich konnte mir mit meiner Kompetenz und meinem fachlichen Wissen einen guten Ruf in der Gegend erarbeiten. Ich zog euch beide auf und wir lebten scheinbar ein vollkommen normales Leben.
Dieses Leben befriedigte mich allerdings nicht mehr. In mir breitete sich fortwährend eine Ruhe- und Rastlosigkeit aus. Ich wusste, dass ich im Besitz von Untersuchungsergebnissen aus den Lagerexperimenten war, die denen der Forschungen in den 50er Jahren weit voraus waren. Ein Wissen, das ich einsetzen und weiterentwickeln wollte. Dazu war ich fest entschlossen.
1956 kaufte ich daher in aller Stille und Heimlichkeit diesen Hof und begann ihn umzubauen. Die nächsten vier Jahre forschte ich mit einfachen Mitteln an kleinen und größeren Tieren, doch stellten sich kaum Erfolge ein. Ich musste mir eingestehen, dass ich alleine überfordert war und begann daher, mit meinen ehemaligen Kollegen und Mitarbeitern Kontakt aufzunehmen. Die Lage hatte sich mittlerweile beruhigt. Unsere Vergangenheit war in Vergessenheit geraten. Viele führten ein geregeltes Leben, manche hatten Partner und Kinder. Es gelang mir, nur einen kleinen Kreis von vier Leuten zusammenzustellen. Gemeinsam setzten wir die Untersuchungen fort. Die Erfolge blieben jedoch weiterhin gering.

1962 schließlich stieß der Sohn eines Kollegen, Thomas Hiebel, zu uns. Er war von seinem Vater in die Untersuchungen während des zweiten Weltkrieges bereits eingeweiht worden und wurde mit der Zustimmung aller in unser Team aufgenommen. Mit seiner Beteiligung änderte sich schließlich alles.

Thomas brachte eines Tages ein kleines Kind mit auf den Bauernhof. Es war knapp zwei Jahre alt. Woher er es genau hatte, ist bis heute unklar. Nach seinen Aussagen stammte es von einer Asylantin, die sich im Untergrund als Prostituierte betätigte. Das Kind war völlig verwahrlost aufgewachsen und in seiner Entwicklung weit zurückgeblieben. Die Mutter hatte es die zwei Jahre über scheinbar im Keller untergebracht und nur notdürftig versorgt."

Gerhard Eisl unterbrach kurz, nahm einen tiefen Schluck Wasser und ließ seinen Blick über die Anwesenden schweifen. Dann setzte er seine Schilderungen fort.

„Wir standen nach dem Krieg ein weiteres Mal vor einer schwierigen moralischen Entscheidung. Und ich brauche – glaube ich – nicht zu sagen, wie diese Entscheidung ausgefallen ist. Es dauerte nicht lange, bis wir alle der einstimmigen Meinung waren, dass uns das Kind der Himmel geschickt hatte.

Durch die Untersuchungen an menschlicher DNA nahmen unsere Forschungen wieder an Schwung auf. Thomas versorgte uns mit weiteren Kindern aus dem Untergrund. Jedes einzelne von ihnen verwahrlost und unterernährt. Wir versorgten sie, stabilisierten sie und übertrugen die Krebszellen in ihre Körper, um danach unsere Behandlungsmethoden an ihnen zu testen.

Binnen weniger Jahre erzielten wir unglaubliche Fortschritte. Doch wir standen vor einem weiteren Problem. Die Ergebnisse mussten veröffentlicht werden, um auch den Menschen zu Gute zu kommen.

Hier kam nun Georg ins Spiel. Er war mittlerweile ein angesehener Arzt und seine Aufgabe sollte darin be-

stehen, unsere geheimen Forschungen auf die legale medizinische Wissenschaft zu übertragen. Ich musste ihn also in das Projekt einweihen."
Wieder blickte der alte Arzt stolz auf seinen älteren Sohn.
„Meine anfänglichen Befürchtungen erwiesen sich als umsonst, denn Georg erkannte schnell das enorme Potential unserer Untersuchungen für die gesamte Menschheit und die damit verbundene Notwendigkeit der Opfer, die dafür gebracht werden mussten.
Mit Georgs Hilfe flossen ab sofort unsere Ergebnisse in die reguläre Krebsforschung mit ein. Doch überholte uns die Zeit und wir spürten den Druck, die Techniken weiterhin zu verbessern. Der Mitarbeiterstab wurde zu klein und das Geld knapp. Mitte der 70er Jahre wurde uns bewusst, dass wir expandieren mussten.
Thomas übernahm daher die Verhandlungen mit unseren zukünftigen Geldgebern. Es waren zu Beginn meist reiche Personen, die selbst an Krebs erkrankt waren und die sich mittels ihrer Finanzen an die letzte Hoffung klammerten, noch rechtzeitig ein geeignetes Mittel zur Heilung ihres Leidens zu erhalten.
Bald reichte aber auch dieses Geld nicht mehr aus, um die immer höher werdenden Kosten abzudecken.
In der Ukraine fand Thomas schließlich ein Pharmaunternehmen, das uns eine riesige Summe anbot, wenn wir unsere Forschungen auf Schönheitsprodukte erweitern würden. Trotz anfänglichem Bedenken konnten wir dieses Angebot nicht abschlagen. Die so lukrierten Gelder ermöglichten es uns schließlich, den Hof in eine Klinik umzubauen und uns mit modernsten Geräten zu versorgen. Derzeit verhandelt er um eine neuerliche Summe von nicht weniger als drei Millionen Euro.

Thomas kümmerte sich mit seiner überzeugenden Art aber auch um viele weitere Dinge, wie um die Akquirierung von Mitarbeitern. Was zuerst unsere größte Sorge war, gestaltete sich als weniger schwierig als gedacht. Es ist unglaublich, aber keiner unserer Angestellten hat seit Beginn unseres Projekts je etwas nach außen dringen lassen. Dies erreichten wir durch eine gezielte Auswahl an Personen, die häufig selbst geliebte Menschen durch den Krebs verloren hatten, durch ein strenges Screeningverfahren und ein Gehalt, das sich die meisten von ihnen gar nicht vorstellen konnten. Nur in seltenen Fällen mussten unsere Profis, wie Zajc, eingreifen, damit die Angestellten Stillschweigen bewahrten.
Durch all diese Maßnahmen ist es uns in den letzten Jahrzehnten gelungen, eine geheime Forschungsstation zu entwickeln, die durch ihre Möglichkeiten maßgeblichen Einfluss auf die Krebsforschung hat. Wir glauben sogar, in naher Zukunft diese schlimmste aller Krankheiten besiegen zu können. Die neuesten Ergebnisse berechtigen jedenfalls zu dieser Hoffnung."

Clara Steger starrte mit Entsetzen auf den alten Arzt, der seine Ausführungen mit unverhohlenem Stolz in der Stimme beendet hatte. Es war nicht schwer zu erkennen, dass er vollkommen überzeugt von der Richtigkeit seines Handelns war. Ihr war klar, dass einzelne Menschenleben in seinem Wahn keine Rolle spielten und er sich weder durch sie, seinen Sohn noch seinen Enkel davon abbringen lassen würde. Genauso wenig wie sein ältester Sohn Georg, der den Erzählungen seines Vaters mit fast kindlichem Stolz gefolgt war.

Dennoch fühlte sie in diesem Moment weniger Angst um sich selbst, als Grauen und Unverständnis. Mit letzter Kraft stieß sie heraus:
„Herr Gott, es sind Kinder! Unschuldige Kinder!"
Gerhard Eisl blickte sie von oben herab an. Ein zorniges Glitzern lag in seinen Augen.
Dann wandte er sich an Zajc, der noch immer bewegungslos an der Tür stand.
„Wären Sie so nett, diese Herrschaften und mich zu begleiten.
Der Slowene nickte und half den drei völlig verstörten Gästen aufzustehen. Gemeinsam mit Georg Eisl verließen sie den Konferenzraum.

13.

Die Uhr im Auto zeigte weit nach Mitternacht, als Schwester Nikola sich ans Steuer setzte und den einsamen Parkplatz verließ. Der kleine Junge neben ihr schlief tief und fest und hatte nicht einmal bemerkt, dass ihn die Pflegerin wieder sanft auf den Beifahrersitz gelegt hatte.
Die Strassen waren vollkommen ruhig. Nur ab und zu blendeten sie die Scheinwerfer eines entgegenkommenden Wagens. Ansonsten wirkte der Bezirk am Rande der Stadt wie ausgestorben.
Es dauerte weniger als zehn Minuten, bis Schwester Nikola knapp vor dem Ziel angekommen war und den Wagen abstellte. Sie kramte noch kurz im Handschuhfach, bevor sie das Gewünschte fand. Dann nahm sie

den Kleinen in die Arme und ging den Rest des Weges zu Fuß. Von Schritt zu Schritt fiel es ihr dabei schwerer, doch sie war fest entschlossen auch den letzten Teil ihres Planes durchzuziehen.

Schließlich blieb sie vor der Babyklappe des Salzburger Krankenhauses stehen. Sie hob den Jungen empor und betrachtete wehmütig das Gesichtchen, das jeden Moment aufzuwachen schien. Ein Mal noch gab sie Nummer 786 einen liebevollen Kuss auf die Stirn, bevor sie die Klappe öffnete und ihn dorthin zurücklegte, wo er hingehörte. Neben ihn deponierte sie ein Briefkuvert. Dann warf sie einen letzten zärtlichen Blick auf den Jungen, bevor sie die Klappe wieder schloss.

Den Weg zurück zum Wagen rannte sie. Sie spürte ein starkes Verlangen, den kleinen Buben wieder zu holen und ihn in die Arme zu schließen. Doch wusste sie auch, dass es dafür nun zu spät war.
Mit Tränen in den Augen setzte sie sich ins Auto. Ohne ein Ziel zu haben fuhr sie los. Sie lenkte den Wagen über das Bahnhofsgelände, ließ die nördliche Autobahnauffahrt rechts liegen und passierte die kleinen Ortschaften Bergheim und Elixhausen, bis sie auf eine langgezogene Landstraße kam.
Es herrschte vollkommene Stille, als der Wagen von Schwester Nikola nur wenige hundert Meter vom Unfallort Eisls in einen Baum einschlug.

14.

Gerhard Eisl ging, auf seinen Gehstock gestützt, voran. Vor einem der Zimmer blieb er plötzlich stehen.
„Könntest du bitte die Tür öffnen", wandte er sich an seinen Sohn Georg, der der Bitte sogleich nachkam.
In der Ecke des Raumes kauerte ein kleines Mädchen von etwa fünf Jahren. Der Körper wirkte gepflegt, doch die Haltung erinnerte viel mehr an ein Tier als einen Menschen. Beim Anblick der vielen und teilweise fremden Menschen begann es zu fauchen und zu knurren. Auf allen Vieren rannte es an der Wand entlang. Es war dem Kind anzumerken, dass es Angst hatte. Fassungslos starrten Wolfgang Eisl, Simon Eisl und Clara Steger auf dieses seltsame Schauspiel. Selbst der Gesichtsausdruck des Slowenen wirkte verwirrt.
Der alte Arzt schloss die Türe, bevor er erneut zu sprechen begann.
„Jedes Baby, das zu uns in die Klinik kommt, ist ein unerwünschtes Kind. Bevor sie geboren werden, will sie schon niemand haben. Sie sollten abgetrieben oder, wenn sie bereits auf der Welt sind, abgegeben werden. Im schlimmsten Fall wollten sie die eigenen Eltern sogar umbringen und beseitigen.
Bevor dies geschieht, holen wir die Kinder auf verschiedenen Wegen zu uns in die Klinik. Die hauseigenen Vorschriften besagen, dass keines der Babys über drei Monate alt sein darf. Sie sollen noch keine Sozialisation hinter sich und noch keine mütterliche Wärme verspürt haben. Und dies hat einen einfachen Grund."
Der alte Arzt unterbrach sich und setzte sich auf einen Stuhl im Gang. Man merkte ihm die Anstrengung der letzten Stunden nun deutlich an. Daher gab er seinem

Sohn Georg ein Zeichen, die weiteren Ausführungen zu übernehmen.

„Die Kinder", führte Georg Eisl fort, „dürfen keine Bindungen und Emotionen entwickeln. Sie erhalten weder Liebe und Zuwendung, noch wird mit ihnen während der notwendigen Interaktionen, wie bei der Fütterung oder den Untersuchungen, mit ihnen gesprochen. Es soll dadurch verhindert werden, dass sie die für den Menschen typischen Fertigkeiten erlernen. Sie bleiben, um es deutlich auszudrücken, auf dem Niveau eines Tieres. Wenn man die Versuche an Menschenaffen vergleichen will, bleiben sie in ihren Fähigkeiten sogar deutlich darunter.

Während der Untersuchungsphasen tun wir zudem unser Möglichstes, dass sie keine Schmerzen erleiden, indem wir sie mit den bestmöglichen medizinischen Mitteln versorgen.

Gerade indem wir die Kinder entmenschlichen, schaffen wir paradoxerweise Menschlichkeit. Es gibt niemanden, der die Versuchspersonen vermisst. Auch den Probanden selbst bleibt das Leid einer Trennung erspart. Die Kinder erinnern sich nicht an eine Vergangenheit und freuen sich nicht auf die Zukunft. Wir können ihnen nichts wegnehmen, da sie nichts haben.

Es ist hart. Aber wir wissen, wozu es dient. Jedes Jahr erkranken weltweit über elf Millionen Menschen neu an Krebs. Fast acht Millionen von ihnen sterben schlussendlich daran. Nur einigen wenigen gelingt es, diese schlimme Krankheit zu überstehen.

Wir sind auf dem Weg, den restlichen acht Millionen Menschen nicht nur Hoffnung zu geben, sondern tatsächlich Heilmöglichkeiten zu bieten. Und diese Kinder helfen uns dabei."

Nachdem Georg Eisl geendet hatte, herrschte eine unangenehme Stille. Der alte Mann, der wieder an Kräften gewonnen hatte, unterbrach schließlich das Schweigen, indem er sich an Simon Eisl wandte.
„Du hast jetzt alles gehört, Simon. Und vielleicht mag es dir moralisch verwerflich erscheinen. Aber bedenke, dass der Tod Weniger das Leben Vieler rettet. Wir kommen um die Erforschung am Menschen selbst nicht herum. Es würde ohne sie Jahrzehnte dauern. In dieser Zeit sterben unnötig jedes Jahr Millionen von Menschen. Du kennst unsere Untersuchungsergebnisse. Wir sind nahe daran, das zu verändern und mit unserer Forschung etwas Gewaltiges zu schaffen.
Du bist ein fähiger Arzt, Simon. Und daher will ich dir ein Angebot machen:
Wir werden noch heute Nacht diese Station verlassen und weiter nach Ungarn ziehen. Durch euer Auftauchen ist es hier leider zu gefährlich geworden. Du kannst mit uns gehen. Und auch Wolfgang kann dich begleiten. Wir können jede Hand gebrauchen. Natürlich müssen wir euch in Gewahrsam behalten. Ihr werdet, ähnlich wie ich, euer restliches Leben in denselben vier Wänden verbringen. Unsere Sicherheitskräfte werden dafür sorgen. Aber ihr könnt Großes bewirken und uns dabei helfen, die Menschheit von einer der tödlichsten Geißeln der Geschichte befreien!" Der alte Arzt hielt kurz inne und blickte seinem Enkel tief in die Augen. „Die Zeit eilt und ich brauche jetzt eine Antwort!"

Simon Eisl, der bemerkt hatte, dass das Angebot für ihn und seinen Vater galt, nicht aber für die Therapeutin, zögerte mit seiner Antwort.

15.

Mark Kiebler blickte wieder einmal auf die Uhr. Sie zeigte bereits weit nach Mitternacht. Noch immer hatten seine Vorgesetzten das Gespräch mit den Besuchern nicht beendet. Einmal hatte er zuvor noch probiert, die Unterhaltung kurz zu unterbrechen, doch war er durch eine abwehrende Geste des alten Arztes weggeschickt worden.

Nun saß er wieder auf seinem Posten und wurde immer nervöser. Das Verschwinden von Schwester Nikola beunruhigte ihn. Mehrfach hatte er bereits versucht, sie zu erreichen, doch wartete er vergeblich darauf, dass sie sich meldete.

Was, wenn sie mit dem Jungen zur Polizei gegangen war? Die Frage hatte sich in ihm festgesetzt. Dagegen sprach jedoch, dass die Exekutive schon längst hätte auftauchen müssen, wenn sie von dem Versteck und der geheimen Klinik erfahren hätten.

Dennoch konnte er nicht ausschließen, dass sich die Pflegerin früher oder später an die Polizei wenden würde. Kiebler wusste, wenn sie ihn und die anderen hier erwischten, dann würden alle für lange Zeit ins Gefängnis wandern. Die Tatsache, welch unglaublich hohen Nutzen das Projekt für die Menschheit hatte, würde ihnen vor Gericht nicht das Geringste bringen. Schließlich besann er sich darauf, dass es seine Aufgabe als Sicherheitschef war, sich und die anderen vor einer solchen Entwicklung zu schützen. Er würde wohl mit dem Groll der alten Herren rechnen müssen. Dennoch musste er handeln.

Kiebler verließ seinen Posten und marschierte in die Kommandozentrale. Nach einer kurzen Diskussion hatte er seinen Kollegen Seidl überzeugt, dass sie den Alarm zur Evakuierung auslösen und das Gelände so schnell als möglich räumen mussten.

16.

„Was hier geschieht, ist einfach falsch!", begann der junge Arzt an seinen Großvater gewandt. „Ihr könnt den Tod dieser unschuldigen Kinder nicht verantworten, selbst wenn die Chance auf eine zukünftige Heilung dieser fürchterlichen Krankheit besteht. Ich habe meinen Beruf gewählt, weil ich Menschen helfen will. Doch der Beruf des Arztes genauso wie mein Menschenverstand sagen mir, dass es keinem von uns zusteht, zu entscheiden, wer leben darf und wer nicht. Es ist vollkommene Willkür, wenn ihr Kinder, die sich nicht wehren und selbst noch keine Entscheidungen treffen können, in Käfige sperrt und sie für eure Experimente missbraucht. Woher nehmt ihr dieses Recht?
Ihr überschreitet in eurem Wahn sämtliche moralischen und humanen Grenzen. Ihr hinterlasst Leichen, genauso wie jeder andere gemeine Mörder. Und eine davon werde wohl auch ich sein. Aber irgendwann werdet ihr dafür zur Verantwortung gezogen werden!"

Simon Eisls Stimme sollte fest und bestimmt klingen, doch war ein deutliches Zittern darin zu vernehmen.
In den Augen des alten Arztes erschien wieder das zornige Blitzen. Er richtete sich auf seinem Gehstock auf, soweit er konnte. Mitleidslos blickte er seinen Enkel an.

„Wenn das deine Entscheidung ist!"
Er schien kurz zu überlegen, bevor er mit eiskalter Stimme fortfuhr.
„Du wirst dennoch mit nach Ungarn kommen. Gemeinsam mit Wolfgang und dieser Therapeutin. Euer Tod soll zumindest nicht umsonst sein."
Er drehte sich gerade zu Zajc, um ihm neue Instruktionen zu geben, als sich Georg Eisl dazwischenstellte. Sein Gesicht wirkte blass und ein ängstlicher Ausdruck war in seine Augen getreten. Er nahm seinen Vater am Unterarm und führte ihn etwas abseits der Gruppe. Dort redete er auf ihn ein, doch der alte Mann schien keinen Widerspruch zu dulden.

Währenddessen legte Zajc Clara Steger und dem jungen Arzt wieder Kabelbinder um die Handgelenke. Keiner der beiden verfolgte die heftige Diskussion zwischen Gerhard Eisl und seinem älteren Sohn. So war es einzig Wolfgang Eisl, der durch die letzten Worte seines Bruders aus der Apathie gerissen wurde.
„Herrgott, Vater, wir können Simon nicht infizieren! Er ist mein Sohn!"
In dem Moment ertönte der Alarm der Sirenen.

17.

Kommissar Wirthenstätter stieg in den Hubschrauber. Die Situation hatte schnelle Entscheidungen gefordert. So musste eben kurzerhand der Helikopter des ÖAMTC zum Einsatz kommen, der kurz zuvor gerade von einem

Noteinsatz gekommen war, um ihn auf dem kürzesten Wege in das Großarlertal zu bringen.
Doch nicht nur er war mit einem weiteren Beamten zum Einsatzort unterwegs, den sie gerade erst erfahren hatten. Noch auf dem Weg zum Hubschrauberlandeplatz war es ihm gelungen, das Sondereinsatzkommando der Polizei, auch Wega genannt, zu aktivieren, die mit der Unterstützung der Exekutive vor Ort den wohl größten Einsatz seiner Karriere unter seiner Leitung durchführen würde.

Nur eine Stunde zuvor hatte er einen Anruf der Kinderklinik des Salzburger Krankenhauses erhalten. Ein Baby war in der Klappe abgegeben worden. Seltsamerweise hatte der kleine Junge ein Bändchen mit der Nummer 786 um sein Handgelenk gebunden.

Das Erscheinen des Babys alleine hätte schon gereicht, um Wirthenstätter in höchste Alarmbereitschaft zu versetzen. Doch mit dem Kind war auch ein Brief abgegeben worden. Die Krankenschwester hatte ihn bereits geöffnet und schon nach den ersten Zeilen die Polizei informiert. Der Inhalt schien dermaßen brisant, dass der Hauptkommissar sofort mit Blaulicht und gerade noch vertretbarer Geschwindigkeit in die Klinik gerast war. Dort las er den Brief und schien im ersten Moment wie betäubt.
Die Informationen, die das Schreiben enthielt, waren tatsächlich unfassbar. Wäre Wirthenstätter nicht dermaßen tief in die Ermittlungen rund um Simon Eisl involviert gewesen, hätte er an der Sinnhaftigkeit der geschriebenen Worte gezweifelt. So schenkte er dem Inhalt des Briefes allerdings sofort Glauben, auch wenn

die beschriebene Klinik auf der Alm einem Filmskript zu entspringen schien.
Unterzeichnet war der Brief von einer gewissen Schwester Nikola, die anscheinend für diese unheimliche Organisation arbeitete. Von ihr gab es im Moment keine Spur, doch wurden gerade die Videoaufzeichnungen des Krankenhauses ausgewertet. Sollte sie durch einen der regulären Eingänge gekommen sein, würden sie bald ein Gesicht zu der Verfasserin haben.

All dies musste aber noch warten. Jetzt galt es auf dem schnellsten Wege den alten Bauernhof in Großarl ausfindig zu machen, unter dessen Gebäude die grausamen Kinderversuche stattfinden sollten.

18.

Zajc führte Simon Eisl und Clara Steger über die Treppen ins Freie. Sein Auftrag lautete, sie in einen bereitgestellten weißen Transporter zu verfrachten und mit Handschellen zu fixieren. Pflichtbewusst erledigte er seine Aufgabe, doch schien es ihm nun keine Genugtuung mehr zu bereiten, dem jungen Arzt oder der Therapeutin Schmerzen zuzufügen. Zajc musste sich selbst eingestehen, dass ihn diese Geschichte über die Untersuchungen an den Kindern nicht kalt ließ.
Dennoch war ihm im Moment die eigene Sicherheit am wichtigsten. Skeptisch beobachtete er das rege Treiben rund um den alten Bauernhof. Er hatte nicht das Gefühl, dass die Verantwortlichen alles noch unter

Kontrolle hatten. Er musste eine Entscheidung treffen.

Georg Eisl hatte inzwischen bemerkt, dass sein Bruder die letzten Worte gehört haben musste und nun mit hasserfülltem Blick auf ihn zukam. Gerhard Eisl wollte sich zwischen die beiden stellen, doch Wolfgang Eisl stieß seinen Vater brutal gegen die Wand. Dieser glitt mit einem Stöhnen zu Boden.
Die Wut schien dem Personalleiter ungeheure Kräfte zu verleihen, denn obwohl sich sein Bruder zu wehren versuchte, bugsierte er ihn nun mit Leichtigkeit in das nächste Ärztezimmer und verschloss hinter sich die Tür.
Georg Eisl registrierte mit Verblüffung die plötzliche Verwandlung Wolfgang Eisls, der noch wenige Minuten zuvor apathisch und vollkommen teilnahmslos gewirkt hatte.
Das Überraschungsmoment währte jedoch nur kurz, ehe sich der Arzt wieder unter Kontrolle hatte und nun seinerseits den jüngeren Bruder mit einem verächtlichen Blick musterte.
„Was soll das werden, Wolfgang? Willst du mich jetzt angreifen? Dazu fehlt dir doch der Mumm!"
„Was soll das bedeuten, was du am Gang zu Vater gesagt hast?", presste dieser als Antwort heraus.
Georg Eisl setzte sich fast lässig auf die Tischkante.
„Du solltest dich jetzt beruhigen und mich zu Vater lassen. Ich bin der einzige, der Simon noch retten kann!"
„Was hast du zu Vater gesagt?" wiederholte Wolfgang Eisl. Beim Klang seiner Stimme wurde dem Arzt klar, dass sein Bruder ihn nicht gehen lassen würde, bevor er nicht die Wahrheit gesagt hatte.
„Wie du willst, Wolfgang. Aber du solltest dir bewusst sein, dass die Antwort auf deine Frage wehtun wird!"

Mit dem Andeuten eines Nickens forderte ihn sein Bruder auf fortzufahren. Georg Eisl rutschte von der Tischkante auf einen Sessel. Seine Fassade bröckelte und man merkte es dem Arzt nun an, wie schwer es ihm fiel, die richtigen Worte zu finden.

„Als du und Elisabeth einander kennen gelernt habt, wart ihr beide ein sehr schönes Paar. Ich habe euch oft beneidet und mich gefragt, wie du mit deiner Schüchternheit eine solche Frau erobern konntest. Elisabeth, ein wunderbarer Mensch mit einem übernatürlichen Verstand und dennoch mit einer Leichtigkeit im Leben, wie ich sie bei niemand anderem jemals wieder gesehen habe. Und sie hat dich anfangs geliebt, das solltest du wissen.
Aber im Laufe der Zeit lernten Elisabeth und ich uns näher kennen. Wir entdeckten bei unseren Ausflügen zu zweit, dass wir viele Dinge gemeinsam hatten. Zuerst gaben wir dir noch Bescheid, wenn wir uns trafen. Es war zu Beginn auch noch harmlos und schien über einen Flirt nicht hinauszugehen.
Ich weiß nicht mehr, wann wir uns dann wirklich ineinander verliebten. Doch wir trafen uns immer öfter und in aller Heimlichkeit.
Unser Vertrauen ineinander wuchs von Tag zu Tag und schließlich erzählte ich ihr auch vom Projekt unseres Vaters ...".
„Das hätte Lisbeth niemals mitgemacht!", unterbrach ihn Wolfgang Eisl mit Tränen in den Augen.
„Du bist ein gutmütiger Narr!", antwortete sein Bruder. „Nur deiner Naivität und deinem grenzenlosen Vertrauen ist es zu verdanken, dass das Ganze außer Elisabeth, mir und Vater nie jemand erfahren hat!

Doch hast du teilweise recht. Es dauerte eine Weile, bis Elisabeth verstehen konnte, was wir in unserer Klinik taten. Fast wäre unsere noch frische Liebe dabei in die Brüche gegangen. Als sie unsere Erfolge sah und mit ihrem Weitblick erkannte, wozu die Ergebnisse im Endeffekt führen würden, konnte sie sich dem Projekt aber nicht mehr entziehen.
Gestärkter als zuvor gingen wir aus diesem Streit heraus und aus unserer Liebe entstand ein Kind. Beinahe wollten wir dir schon unsere Beziehung gestehen. Wir waren uns beide jedoch einig, dass es nicht bei einem Vater aufwachsen sollte, der Tag für Tag in einer Klinik arbeitete, in der Versuche an Seinesgleichen durchgeführt wurden. Wir wählten dich daher als Erzieher aus. Es tat mir zwar in der Seele weh, dich als stolzen Vater mit meinem Sohn in den Armen zu sehen, doch es schien das einzig Richtige zu sein. Simon sollte nie erfahren, dass ich sein wirklicher Erzeuger bin. Meine Aufgabe war es, ihn im Laufe der Zeit auf mein Erbe und das unseres Vaters vorzubereiten.
Wie es scheint, hast du dem Knaben allerdings viel mehr mitgegeben als ich. Er ist genauso verweichlicht wie du und sieht die Welt vor lauter Moral nicht."
Aus den letzten Worten des Arztes war die große Enttäuschung deutlich herauszuhören.
Wolfgang Eisls Finger hatten sich währenddessen um ein Skalpell geschlossen, das in Griffweite am Tisch des Ärztezimmers lag. Tränen rannen ihm über die Wange und er schien am ganzen Körper zu zittern. Mit schwacher Stimme stellte er seinem Bruder noch eine letzte Frage.
„Hast du etwas mit dem Tod von Elisabeth zu tun?"

Georg Eisl blickte ihn geistesabwesend an, bevor es zu einer Antwort ansetzte. Sämtliche Stärke schien nun aus ihm gewichen zu sein und ein schmerzhafter Ausdruck bemächtigte sich seiner Gesichtszüge.

„Elisabeth wurde plötzlich schwer krank. Sie litt an Morbus Wilson und ihre Leberfunktion nahm zunehmend ab. Zur damaligen Zeit war eine Behandlung wenig aussichtsreich. Eine Lebertransplantation hätte sie mit hoher Wahrscheinlichkeit nicht überlebt. Es war also unvermeidlich, dass sie daran sterben würde. Dir und vor allem Simon gegenüber zeigte sie sich stark und ließ sich nichts anmerken. Doch sie hatte große Angst vor dem schleichenden Tod.

Es war schließlich ihre Idee, sich der Wissenschaft zur Verfügung zu stellen. Diesmal war ich es, der versuchte, Elisabeth von ihrem Vorhaben abzuhalten. Doch sie blieb hartnäckig. Schließlich hatte sie nichts mehr zu verlieren. Nach einem gemeinsamen Gespräch mit Vater willigte ich am Ende ein."

Georg Eisl stand aus dem Sessel auf und wandte sich seinem Bruder zu. Seine Stimme war kaum mehr hörbar, als er weiter sprach.

„Wir injizierten ihr eine hohe Anzahl an Krebszellen, um sofort danach mit der Behandlung zu beginnen. Ihr Körper war jedoch schon so geschwächt, dass die Therapie kaum mehr Wirkung zeigte. Sie beteuerte noch am Sterbebett, dass wir das Richtige getan hätten. Aber ich kann es mir bis heute nicht verzeihen, dass ich damals zugestimmt habe!"

Der Arzt hob traurig den Kopf. Zu spät registrierte er das Skalpell in der Hand seines Bruders. Unglauben lag in seinem Gesicht, als er einen heftigen Schmerz in der Magengegend spürte. Noch bevor er sich wehren konnte, war ein Teil seiner Bauchdecke aufgeschlitzt. Unbarmherzig bahnte sich der scharfe Stahl den Weg nach oben. Die Umgebung verschwamm vor seinen Augen. Er glaubte noch, die Hand seines Bruders am Herzen zu fühlen, bevor er wenige Augenblicke später tot zu Boden sackte.

19.

Gerhard Eisl hatte sich nach einem kurzen Schock mühevoll erhoben. Er griff sich an die Brust und spürte sofort, dass die eine oder andere Rippe gebrochen war. Doch war es nicht der Schmerz, der ihn beunruhigte, sondern die Unsicherheit, was seine beiden Söhne im Ärztezimmer taten.
Mit tastenden Händen suchte er nach seinem Stock, der ihm die notwendige Sicherheit bei seinen nächsten Schritten geben sollte. Er wollte sich gerade auf den Weg zum Zimmer machen, in das er Georg und Wolfgang noch verschwinden gesehen hatte, als sein jüngerer Sohn die Tür aufriss und ihm entgegenwankte. Instinktiv hob er seinen rechten Arm. Er befürchtete, dass ihn Wolfgang Eisl wieder niederstoßen würde. Doch rannte dieser, ohne den alten Arzt überhaupt wahrzunehmen, vorbei in Richtung Ausgang.
Plötzlich überkam Gerhard Eisl eine ungeheure Befürchtung. Er humpelte hastig in das Ärztezimmer. Beim Anblick seines älteren Sohnes versagten ihm die Beine und er stürzte erneut zu Boden.

Die letzten Mitarbeiter auf dem Weg nach oben vernahmen noch einen unheimlichen Schrei, voller Schmerz und Trauer, bevor sie den Sirenen folgten und das Gebäude verließen.

In den Klang der Sirenen mischte sich nun ein weiteres Geräusch. Simon Eisl und Clara Steger horchten ebenso auf wie die Klinikmitarbeiter, die hektisch die Übersiedelung vorbereiteten. Es dauerte nicht lange, bis der Hubschrauber auftauchte.
Sofort brach Panik auf dem Gelände aus. Jegliche Ordnung war aufgehoben. Die Ärzte, Krankenschwestern und Sicherheitsbeamte schienen gleichzeitig alles stehen und liegen zu lassen, um die Flucht zu ergreifen.
In dem vorherrschenden Durcheinander fiel nur Simon Eisl und seiner Therapeutin auf, dass ein blutverschmierter Mann aus dem Gebäude wankte und scheinbar kraftlos auf die Knie sank. Verzweifelt versuchte Simon Eisl, sich aus den Handschellen zu befreien. Er musste hilflos zusehen, wie sein Vater mit dem Oberkörper voran auf den Boden fiel.

Kommissar Wirthenstätter leitete hochkonzentriert den Einsatz. Zwei weitere Hubschrauber waren bereits eingetroffen. Von oben gaben sie die Einsatzbefehle für die Truppen am Boden. Hand in Hand spielten die Spezialisten der Wega und die Polizisten der umgebenden Gemeinden zusammen. Ein Aufgebot des Roten Kreuzes stand bereit.
Der Hauptkommissar lehnte sich im Cockpit des Helikopters zurück. Er konnte sich nicht vorstellen, dass irgendjemand diesem Szenario entkommen konnte.

18.06.2013

Kommissar Wirthenstätter fuhr die schnurgerade Allee Richtung Untersberg entlang. Über ein Jahr war nun seit dem spektakulären Einsatz vergangen. Es war sein erstes Wiedersehen mit dem jungen Wissenschafter seit fast ebenso langer Zeit. Simon Eisl hatte überrascht, aber freundlich auf seinen Anruf reagiert, nachdem ihm der Beamte sein Anliegen mitgeteilt hatte, sich mit ihm nicht dienstlich, sondern privat treffen zu wollen. Ohne Zögern hatte ihn der Arzt auf einen Kaffee zu sich nach Hause eingeladen.
Beide standen sich nun mit gemischten Gefühlen gegenüber, als Wirthenstätter das Haus betrat. Eisl führte ihn ins Wohnzimmer und stellte einen frischen Espresso auf, bevor er sich zu ihm an den Tisch setzte.
Der Kommissar und der junge Arzt tranken wortlos an ihrem Kaffee, bis der Beamte schließlich das unangenehme Schweigen brach.
„Ich danke Ihnen für die Einladung, Herr Dr. Eisl. Ich weiß es zu schätzen, dass Sie mich empfangen und sich der Gefahr aussetzen, in den alten Wunden zu rühren. Aber auch ich denke noch viel an die Geschehnisse vor einem Jahr. Und nachdem uns von oberster Stelle verboten wurde, über die Angelegenheit zu sprechen, bleiben mir nicht viele Möglichkeiten für eine Nachbetrachtung der Ereignisse."
Eisl beobachtete den Kommissar, der nervös über den Henkel seiner Tasse strich.
„Ich muss mich wohl eher bei Ihnen bedanken. Schließlich lebe ich nur noch, weil Sie damals so geistesgegenwärtig reagiert haben und so beherzt eingeschritten sind."

Wirthenstätter winkte unangenehm berührt ab.
„Ich habe nur meinen Job erledigt."
„Und vielen Kindern das Leben gerettet. Ohne ihren Einsatz würden die Versuche nun vielleicht in Ungarn weiterlaufen. Aber Sie haben recht. Es ist schwer, von allem zu wissen und nicht darüber reden zu können. Die Regierung hat ja beschlossen, zum Schutz der Nation, wie sie es nannten, eine Informationssperre über die Geschehnisse zu verhängen."
„Man sollte nicht glauben, dass dies in Österreich möglich ist. Selbst die Medien mussten sich dem Druck der Regierung beugen. Mein Freund bei der Zeitung, Sigurd Larrson, ist im Kreis gelaufen, als er davon erfahren hat. Er überlegt nun schon seit geraumer Zeit, ob er nach Schweden zurückziehen und dort ein Buch darüber schreiben soll."
„Was ist mit den Mitarbeitern der Klinik passiert? Werden diese sich ebenso ruhig verhalten wie wir?"
„Ihnen wurde in aller Stille der Prozess gemacht. Sie werden ihre Zeit im Gefängnis verbringen müssen. Aber ihnen wurde auch mitgeteilt, dass sie sich auf eine frühzeitige Entlassung einstellen können, wenn sich die Lage beruhigt hat. Diese Leute werden sich also hüten, irgendetwas öffentlich auszusagen. Nur das Schicksal von Thomas Hiebel ist ungewiss. Sie haben ihn in der Ukraine erwischt. Die dortige Behörde verweigerte allerdings seine Auslieferung. Unsere Regierung dürfte in diesem Fall aber auch nicht sehr viel Druck ausgeübt haben. Und was ist mit Ihnen, Herr Dr. Eisl? Wie ist es bei Ihnen weiter gegangen?"
Der Kommissar sah Simon Eisl abwartend an. Zögernd begann der junge Arzt von den Dingen zu erzählen, die außer ihm bis jetzt nur eine weitere Person kannte.

„Mein Großvater starb nur zwei Wochen nach den Geschehnissen. Kurz zuvor habe ich ihn besucht. Ich kann nicht mehr sagen, warum. Denn ich hatte mir vorgenommen, ihn vollkommen alleine in seinem Schmerz sterben zu lassen. Ohne Freunde, ohne Familie. Wie er es verdient hat.
Doch ich hielt mich nicht an meinen eigenen Vorsatz und suchte ihn ein letztes Mal auf. Und irgendwie berührte mich sein Anblick. Aus dem Monster von früher war ein einfacher, alter, sterbender Mann geworden. Ich konnte nicht anders, als die Hand zu ergreifen, die er mir entgegenstreckte. Großvater zog mich zu sich herab und flüsterte mir die Daten zu, mit denen ich auf seine sämtlichen Forschungsergebnisse zugreifen konnte. Das war sein Erbe an mich. Nachdem er mir dies mitgeteilt hatte, wirkte er im Reinen mit sich."
Eisl sah sein Gegenüber unsicher an.
„Ich habe ihm dieses Gefühl gelassen. Und dadurch konnte er glücklich sterben."

Kommissar Wirthenstätter glaubte, den inneren Konflikt des Arztes nachvollziehen zu können. Er wusste nicht, ob er diese menschliche Größe auch besessen hätte. Nun ließ er aber seinem Impuls freien Lauf und legte seine Hand kurz auf die des jungen Wissenschafters, bevor er ihn zum Weiterreden aufforderte.
„Was haben Sie mit den Daten gemacht?"
Eisl schien eine innere Sperre überwinden zu müssen, bevor er dem Kommissar antworteten konnte.
„Ich wusste nicht, wie ich damit umgehen sollte. Die Ergebnisse entstanden aufgrund grauenhafter Versuche an Gefangenen und Kindern. Am liebsten hätte ich sie alle zerstört oder verbrannt. Doch sie waren zu gut.

Zu fortschrittlich. Zu hoffnungsvoll. Ich konnte sie einfach nicht vernichten.
Zusammen mit einigen wenigen Kollegen und Experten gründeten wir daher eine Ethikkommission, die sich mit der Frage der Verwendung der Daten eindringlich und intensiv beschäftigte. Es dauerte mehrere Wochen, ehe wir schließlich knapp mehrheitlich beschlossen, die Daten für die Forschung freizugeben und mit ihnen weiterzuarbeiten. Es ist, glaube ich, nicht übertrieben, wenn ich sage, sie werden einen Umbruch in der Medizin bewirken."
Wirthenstätter wusste, dass der junge Arzt bereits mehr gesagt hatte als erlaubt war, und bohrte nicht weiter nach. Er ersparte Eisl auch die unangenehme Frage, wie dieser sich in der Kommission entschieden hatte.
„Die Ergebnisse sind bei Ihnen in den besten Händen, die ich mir vorstellen kann. Doch sagen Sie mir, wie geht es Ihrem Vater?"
Die Gesichtzüge Eisls verfinsterten sich.
„Er ist mit den Geschehnissen nicht fertig geworden. Eine psychiatrische Institution sorgt für ihn in einer betreuten Wohnung. Mein Vater hat seit dem Tag in der Klinik kein Wort mehr gesprochen. Auch wenn er nie des Mordes an seinem Bruder angeklagt wurde. Niemand weiß, was damals im Keller wirklich passiert ist. Doch jetzt ist sein Körper wie eine leere Hülle. Er scheint mich nicht zu erkennen, wenn ich ihn besuche."
Eine Welle von Mitleid durchfuhr den Kommissar. Dennoch stellte er die letzte Frage, die er sich vorgenommen hatte.
„Und Frau Dr. Steger. Geht es ihr wenigstens gut?"
Ein Lächeln huschte über das Gesicht des jungen Arztes.

„Clara passt gerade auf Peter auf. Der Kleine war das Zugeständnis, das ich der Regierung abgerungen habe. Die Nummer 786 sollte einen Namen bekommen. So habe ich gemeinsam mit ihr darauf bestanden, ihn zu adoptieren. Er soll ein möglichst erfülltes Leben haben. Aber nicht als Arzt oder Therapeut."

Nun musste auch Wirthenstätter lächeln. Dann nahm er den letzten Schluck aus der Kaffeetasse und erhob sich aus dem Sessel.

„Ich danke Ihnen nochmals, Herr Dr. Eisl, dass Sie sich die Zeit für mich genommen haben. Und ich darf Ihnen sagen, dass ich Sie für einen außergewöhnlichen Menschen halte."

Dieses Mal war es Simon Eisl, der verlegen abwinkte. Er schüttelte dem Beamten zum Abschied die Hand und begleitete ihn bis zur Haustür.

Bevor Wirthenstätter den Wagen erreichte, kam ihm noch ein Gedanke.

„Haben Sie eigentlich diesen Janez Zajc schnappen können?"

Der Kommissar schüttelte den Kopf, bevor er in das Auto einstieg und zum Abschied die Hand hob.

_____ 25.03.2047

Dr. Peter Steger sitzt am Krankenbett der 62-jährigen Patientin und streichelt ihr mit der rechten Hand zärtlich den abgemagerten Arm, während er in der Linken seinen Glücksbringer festhält. Ihr Gesichtsausdruck wirkt entspannt und gelöst. Beinahe ein Wunder, lag sie doch vor einem Monat aufgrund ihres fortgeschrittenen Brustkrebses noch im Sterben. Nun sind die Krebszellen vollständig verschwunden und die gesunden Zellen erneuern sich in einem ungeheuren Tempo.
Zu verdanken hat sie dies Dr. Steger, dessen Vater Simon Eisl und deren gesamtem Team. Sie haben es geschafft, intelligente Antikörper zu entwickeln, die sofort auf eine Veränderung der bösartigen Krebszellen reagieren und diese nicht nur stoppen, sondern durch gutartige Zellen ersetzen können. All dies geschieht durch die Injektion eines harmlos aussehenden Serums, dessen Entwicklung so gut wie abgeschlossen ist.
Der Arzt öffnet seine linke Hand und blickt liebevoll auf den Glücksbringer, den ihm sein Vater und seine Mutter zum 18. Geburtstag geschenkt hatten. Ein kleines Armband mit der Nummer 786.

Peter Steger wusste von seinen Eltern, dass er von ihnen adoptiert worden war. Er wusste auch, dass er als kleines Kind in der Babyklappe des Salzburger Krankenhauses abgegeben worden war. Daher stammte auch sein Armband, das er fortan aus Dankbarkeit den

beiden gegenüber als Glücksbringer verwendete. Am Anfang war diese Information allerdings ein Schock für ihn gewesen, als sie es ihm zu seinem 18. Geburtstag behutsam beigebracht hatten.
Aber es machte für ihn keinen wirklichen Unterschied. Er hatte immer eine liebevolle Erziehung genossen. Und letztendlich hatte er sich dazu entschieden, nicht nach seinen leiblichen Eltern zu suchen, sondern die beiden als seine Mutter und seinen Vater zu akzeptieren.
Peter Steger führte den Nachnamen seiner Mutter. Eine Entscheidung, die seine Eltern kurz nach seiner Adoption getroffen hatten und die auch von niemandem in Frage gestellt worden war.

Simon Eisl war für ihn immer ein Vorbild gewesen. Er war ein guter, sorgender Vater und ein äußerst engagierter Arzt gewesen. Vielleicht hatte das den jungen Spezialisten dazu bewogen, in seine Fußstapfen zu treten. Auch wenn dieser anfangs nicht sehr erfreut darüber wirkte, so bildeten sie doch im Laufe der Zeit ein eingespieltes Team.
Nur eines hatte Peter Steger nie verstanden. Obwohl die Forschungen so hervorragend liefen und die Ergebnisse Grund zum Jubel gaben, schien sein Vater sich nie richtig darüber freuen zu können. Es schien, als bedrücke ihn etwas. Etwas, das der junge Arzt nie fassen konnte und über das Simon Eisl auch nicht reden wollte. Er hatte dieses Geheimnis wohl mit ins Grab genommen.
Vielleicht wäre ihm nun aber doch ein kleines Lächeln ausgekommen, wenn er die Ergebnisse von Ruth Schönleitner gesehen hätte.

Peter Steger streichelt der alten Dame ein letztes Mal über die Hand. Dann steht er auf und geht zurück ins Ärztezimmer. Dort legt er vorsichtig seinen Glücksbringer in die Lade. Morgen wird er wieder früh bei seiner Patientin sein. Jetzt will er aber erst einmal seine Mutter besuchen.

Günther Payer
786
Roman

Gestaltung: Volker Toth
Titelbild: Alexander Hütter
Druck: Theiss, St. Stefan

ISBN 978-3-902932-42-6 (Buch)
ISBN 978-3-902932-14-3 (e-book)
© 2015 Edition Tandem, Salzburg | Wien
www.edition-tandem.at

Gefördert von:
Bundeskanzleramt:Österreich | Kunst,
Stadt und Land Salzburg

Günther Payer

Geboren 1973, studierte Psychologie. In seiner Heimat Salzburg arbeitet er im Sozialbereich mit Kindern und Jugendlichen.

Mit freundlicher Unterstützung von